Carl Einstein

~

Der Gaukler der Ebene

&

andere afrikanische Märchen und Legenden

„Legenden zur Erschaffung der Welt, zur Dualität von Sonne und Mond und die Genese von Eisen: Einsteins einzigartige Mischung aus Märchen, Berichten und Erzählungen lädt den Leser ein, afrikanische Kultur first hand kennenzulernen. Denn wie lernen wir eine Kultur intimer und ursprünglicher kennen als durch ihren prägenden Bestand an Legenden und Mythen?“ *Redaktion Gröls-Verlag* (Edition I Werke der Weltliteratur)

Redaktionelle Hinweise und Impressum

Das vorliegende Werk wurde zugunsten der Authentizität sehr zurückhaltend bearbeitet. So wurden etwa ursprüngliche Rechtschreibfehler regelmäßig *nicht* behoben, denn kleine Unvollkommenheiten machen das Buch – wie im Übrigen den Menschen – erst authentisch. Mitunter wurden jedoch zum Beispiel Absätze behutsam neu getrennt, um den Lesefluss zu erleichtern.

Wir sind bemüht, ein ansprechendes Produkt zu gestalten, welches angemessenen Ansprüchen an das Preis/Leistungsverhältnis und vernünftigen Qualitätserwartungen gerecht wird. Um die Texte zu rekonstruieren, werden antiquarische Bücher von leistungsfähigen Lesegeräten gescannt und dann durch eine Software lesbar gemacht. Der so entstandene Text wird von Menschen gegen eine Aufwandsentschädigung gegengelesen und korrigiert – Hierbei können gelegentlich Fehler auftreten. Wenn Sie ebenfalls antiquarische Texte einreichen möchten, wenden Sie sich für weitere Informationen gerne an

www.groels.de

Informieren Sie sich dort auch gerne über die anderen Werke aus unserer

Edition | Bedeutende Werke der Weltliteratur

Sie werden es mit 97,038 %iger Wahrscheinlichkeit nicht bereuen.

Die Deutsche Nationalbibliothek verzeichnet dieses Werk in der Deutschen Nationalbibliografie.

Verleger: Marcel Hermann-Josef Gröls, Poelchaukamp 20, 22301 Hamburg.
Externer Dienstleister für Distribution und Herstellung: BoD, In de Tarpen 42, 22848 Norderstedt

Inhaltsverzeichnis

Togo

Warum die Menschen sterben

I

Uwolowu sprach zu den Untergöttern: So ein Mensch stirbt, möge er auferstehen. Das Huhn sagte: "So ein Mensch stirbt und aufersteht, will auch ich auferstehen." Uwolowu weigerte sich dessen. Das Huhn sagte: "Wahrlich, Kokoliko, ich komme, es wird Tag. Ich komme und die Sonne ist aufgegangen. Wahrlich, Kokoliko." Deshalb sterben die Menschen und auferstehen nicht mehr.

II

Uwolowu und die Menschen waren. Die Menschen sandten den Hund zu Uwolowu, damit er ihnen sage, so die Menschen sterben, möchten sie auferstehen. Der Hund ging. Unterwegs hungerte ihn. Er kam in ein Haus, worin ein Mann zauberische Kräuter kochte. Der Hund setzte sich zu ihm und dachte, er koche Speise. Auch der Frosch ging zu Uwolowu, doch ungebeten, ihm zu sagen, so die Menschen stürben, möchten sie nicht mehr auferstehen.

Der Frosch überholte den Hund, der dachte, so ich gegessen habe, hole ich den Frosch ein. Der Frosch traf ein und sprach zu Uwolowu: "Wenn die Menschen sterben, mögen sie nicht auferstehen." Nun kam auch der Hund und sagte dem Uwolowu: "Wenn die Menschen sterben, wollen sie auferstehen." Uwolowu sprach zum Hund: "Diese zwei Worte verstehe ich nicht. Da zuerst des Frosches Rede ich gehört habe, will ich tun, wie er gesagt, und ich will nicht tun, wie du gesprochen." Wann der Frosch stirbt, und es donnert, so aufersteht er.

Der Aussatz

Da Uwolowu die Krankheiten schuf, nahm er Feuer und Kälte. Das Feuer ist die Krankheit, die Kälte das Heilende. Uwolowu sprach zu Sropa, einem Manne: "So dich friert, gehe nicht an das Feuer." Doch der ging zum Feuer. Gott schrie laut auf sein Haupt, und Sropa sprach zu Uwolowu: "Ich wollte sterben, darum ging ich ans Feuer." Sropa gehorchte nicht Uwolowu. Uwolowu ließ den rostbraunen Ikono (Vogel) aus dem Feuer fahren, Ikono schlug Sropa mit den Flügeln; der Aussatz brach aus ihm hervor. Des Ikonos Flöten gemahnt an Sropas Starrsinn.

Uwolowu und seine Frauen

Uwolowu heiratete zwei Frauen. Die eine war Frosch, die andere Eisvogel. Er liebte Frosch mehr als Eisvogel. Alle schönen Dinge gab er jener. Eines Tages gedachte Uwolowu beide zu prüfen; gab einer jeden von ihnen sieben Töpfe und verstellte sich tot. Sie sollten in die Töpfe weinen. Frosch weinte zuerst. Krofia tiwe Krowui kro.

Da ihre Tränen niederfielen, leckte die Ameise sie auf. Auch Eisvogel weinte, und ihre Tränen füllten sieben Töpfe. Frosch weinte wieder, doch die Ameise leckte wieder alle Tränen auf; Uwolowu erstand wieder und sprach: "Die ich nicht liebte, sie weinte sieben Töpfe voller Tränen; die ich liebte, hat nicht viel geweint." Drum sandte er den Vogel in die Luft, damit er sich immer freue; Frosch gab er einen Tritt und verwies ihn in schlammiges Flußufer.

Das Kind Uwolowus

Uwolowu war, nahm ein Weib und zeugte ihr ein Kind. Das Kind war sehr schön. Da geschah es eines Tages, als das Kind in seines Vaters Armen lag, daß es plötzlich verschwand. Das Kind zog in eine andere Stadt und zauberte. Nun es groß war, bekriegte es die Bewohner dieser Stadt zum Unerträglichen. Endlich kehrte es in seine Stadt, Krieg zu machen; denn es wußte nicht mehr, daß es seines Vaters Stadt sei. Es tötete dort viele Menschen. Darnach wollte es auch Uwolowu töten, es hatte schon den Hahn des Gewehrs abgedrückt, doch das Gewehr versagte. Nun stand Uwolowu auf, faßte den Arm und schlug ihm mit der Hand den Rücken. Da wurde es in ein Kind zurückverwandelt. Uwolowu fragte: "Da ich dich gezeugt, kommst du jetzt und willst mich töten?" So kam der Krieg in die Welt. –

Die Wehen

Da Uwolowu den Menschen erschaffen wollte, sandte er von oben eine Kette nieder zur Erde. Er begann ein Weib zu erschaffen und setzte ihr ein Gebot, sie möge nicht Salz essen. Als das Weib geboren hatte, noch gab es nicht einen Mann, schnitt ihr der Bauch, und sie aß Salz. Uwolowu fragte das Weib: "Was tatest du nicht nach dem Gesetz, das ich gesetzt, und aßest Salz?" Daher kommt es, wenn ein Weib gebären will, schmerzt es.

Uwolowus Sohn

Uwolowu nahm ein Weib, zeugte einen Sohn, und der Sohn schien klüger als er. Was auch Uwolowu sagte, der Sohn wußte es besser. Eines Tages versuchte er den Sohn. Er gab ihm Geld, Sonne und Mond zu kaufen. Dies aber sagte er nicht; bei sich dachte er den Sohn zu prüfen, ob er seine Gedanken wisse.

Unterwegs dachte der Sohn, was er wohl kaufen solle, da der Vater darüber nichts gesagt hatte. Da nahm er allen Vögeln und Tieren Haare und Federn, bedeckte sich damit und verbarg sich hinter dem Kehrichthaufen; doch kaufte er nichts. Die Großmutter, die das Zimmer gekehrt hatte, wollte den Kehricht ausleeren, sah ihn, schrie, lief weg und sagte es den Leuten. Die Leute kamen, sahen ihn und fürchteten sich. Da sprach ein Kind zu seiner Mutter, der Sohn des Uwolowu weiß alles, ruft ihn, er wird uns sagen, was das ist. Sie gingen zu Uwolowu und sagten es ihm. Er aber sagte, er habe sein Kind geschickt, Sonne und Mond zu kaufen. Dies hörte der Sohn hinter dem Kehrichthaufen. Uwolowu wußte, es sei der Sohn, aber er wollte nicht, daß die Leute sein Kind verlachten. Der Sohn des Uwolowu ging nun, Sonne und Mond zu kaufen, und brachte sie diesem. Uwolowu sagte den Leuten: "Wahr, das Kind ist weise." Das sagte er aber nur so; denn jetzt wußte er, daß der Sohn an Weisheit ihn nicht übertreffe, und drum wollte er nicht mit ihm streiten. Seit dieser Zeh sind Sonne und Mond in der Welt.

Uwolowus Macht

Uwolowu sagte seinen Kindern, sie sollten den Untergott verehren, um viel Wild zu erlegen. Sie taten so, töteten viel Wild und kochten es. Dann sprach Uwolowu: "So das Fleisch gar ist, sollt ihr es nicht essen." So sprach er; denn er wollte, daß es so sei. Er sagte: "Tragt es unter den hohen Baum." So sprach er, damit die Leute wüßten, er habe den Untergott geschaffen.

Da sie das Fleisch unter den Baum geschüttet hatten, kam eine Larve und sagte: "Ich kann an dem Fleisch nicht vorübergehen, ich muß davon essen." Wenn sie nun davon aß, sank der Baum in den Boden; wenn sie damit aufhörte, ragte der Baum in die Höhe. Da sie wieder davon aß, kehrten sich die Wurzeln oberwärts und rissen Larve und Fleisch zur Höhe. Als nun die Tiere vorübergingen, bat die Larve, man möge den Baum fällen, damit sie auf die Erde zurückkehren könne. Da kam die Zwergantilope, und die Larve sagte ihr: "Fälle mir den Baum." Die Zwergantilope erwiderte: "Ich kann es nicht, mein Leben steht bei Uwolowu."

Es kam das Chamäleon, und die Larve sagte zu ihm: "Klettere zu mir herauf und hole mich hinunter." Das Chamäleon kletterte hinauf. Als die Larve den scharfen Rückenkamm des Chamäleons sah, spottete sie, fürchtete sich und sagte: "Laß davon ab, heraufzuklettern, dein Rücken möchte mich verwunden." Das Chamäleon sagte: "Steige nur auf meinen Rücken; ich werde dich nicht schneiden." Da sie unten ankamen, schüttete die Larve heißes Wasser über das Chamäleon.

Seitdem wechselt das Chamäleon die Farbe, wenn es ein ander Ding sieht.

Uwolowus Tochter

Einst gebar Uwolowu ein Mädchen, er wünschte nicht, daß einer es heiratete. Drum kaufte er zehn Männer und einen Hund, das Mädchen zu bewachen. Zwei von den Männern gingen aus, Gummi zu machen. Das Mädchen wollte Brennholz holen, deshalb begleiteten es die anderen Männer. Da kam ein Mann und sagte: "Heirate mich." Doch das Mädchen weigerte sich und sagte: "Mein Vater verbot mir, zu heiraten." Der Mann frug ein zweites Mal, da willfahrte das Mädchen und der Mann führte sie mit den acht Männern und dem Hund weg. Auf dem Weg fraß der Bräutigam fünf der Sklaven; als sie nach Hause gekommen waren, verschlang er noch die drei anderen. Danach nahm er den Kopf ab, wie es dort Sitte. Er verbarg den Kopf und wollte nun das Mädchen verschlingen. Wenn jemand kam, das Mädchen zu sehen, den verjagte der Hund. In der Nacht verschlang er auch den Hund.

Vor Tagesanbruch floh das Mädchen auf einen Baum. Da begannen der Bräutigam und seine Leute den Baum zu fällen. Das Mädchen weinte hierob, und die Leute unter dem Baum leckten die Tränen auf und sagten: "Wenn die Tränen so süß schmecken, wie lecker muß das Mädchen munden." Da das Mädchen weinte, so hörte es einer der zwei Männer und sagte es dem anderen; der aber glaubte es nicht. Da sie zum zweitenmal weinte, hörte es auch der andere. Sie luden die Gewehre und gingen, woher das Weinen schrie. Als sie dahin gekommen, sagten sie dem Mädchen, es möge hinabsteigen. Da sie zur Erde gestiegen war, streckten die Feinde die Hände aus, das Mädchen zu greifen und zu fressen. Da töteten die Sklaven zwei der Verfolger, die übrigen erschlugen sie mit dem Schwert und führten das Mädchen, wo sie Gummi machten; sie erlegten ein Wild, gaben dem Mädchen zu essen und brachten es des Abends nach Hause. Uwolowu fragte die zwei, ob sie das Mädchen im Busch gefunden hätten; denn er wußte nicht, daß es sein Kind war. Die zwei Männer sprachen: "Erst essen, dann reden." Da sie gespeist, sagten sie Uwolowu, es sei sein Kind, das er ihnen zu hüten gegeben. Es sei in den Busch gegangen und dort von Leuten gegriffen worden, die es hätten töten wollen. Am anderen Morgen gab er das Mädchen dem zur Frau, der einen Kropf hatte.

Uwolowu und die Larve

Uwolowu und die Larve waren. Die Larve sprach zu Uwolowu: "Was soll an die Wolken gesetzt werden, daß sie licht seien?" Uwolowu sagte zur Larve, sie solle zum Schmied gehen und das Ding, das er in die Wolken setzen wolle, holen. Die Larve ging und bedachte, was sie tun solle, da sie das Ding, das sie holen sollte, nicht kannte. Die Larve erbat sich von den Vögeln je eine Feder, flog zu Uwolowu zurück und fragte ihn, wo die Larve sei. Er sagte, er habe sie gesandt. Und Uwolowu sprach: da am Firmament nichts sei, habe er sie gesandt, das Ding zu holen, das er in das Firmament setzen wolle. Die Larve frug wieder: "Was soll die Larve holen?" Uwolowu antwortete, er habe sie zum Schmied gesandt, daß er Sonne und Mond schmiede, und wenn sie glühten und Funken sprühten, solle sie diese Dinge in ihren Bastsack stecken und ihm bringen. Als die Larve dies gehört hatte, flog sie wieder davon, gab die Federn den Vögeln zurück und richtete den Auftrag beim Schmied aus. Der Schmied gab sie ihr, und die Larve trug sie zu Uwolowu. Uwolowu fragte sie: "Wer hat dich das gelehrt?" Sie sagte: "Das erdachte ich." Uwolowu sagte nun der Larve, sie möge die Sonne an ihren Platz setzen. Die Larve tat so. Am Abend sagte Uwolowu zur Larve, sie solle auch Mond und Sterne an ihren Platz bringen. Die Larve tat so; der Mond und die Sterne leuchteten.

Die Tiere Uwolowus

Die Tiere waren. Die Tiere bebauten das Feld. Der Feldweg war verwuchert, Uwolowu gab das Gesetz zu roden. Alle schickten sich an zu gehen, doch vorerst aßen sie. Beim Essen sagten sie es dem Hundsaffen. Der Affe sagte, er müsse zuerst aufs Feld gehen und Yams holen. Als sie gegessen hatten, forderten sie den Affen auf mitzugehen; doch der Affe sagte, sein Essen stehe auf dem Feuer und müsse gar kochen. Sie gingen und schickten dem Affen Boten, er möge nun kommen. Der sagte, er wasche, und blieb zu Hause. Als sie den Weg ausgehauen hatten, machten sie einen großen Erdhügel. Jetzt kam auch der Affe und setzte sich auf den Hügel. Da kam die Zwergantilope und frug: "Wer sitzt da auf dem Hügel?" Der Affe sagte: "Ich." Der Affe rang mit der Zwergantilope und warf sie nieder. Es kam die Kuhantilope; der Affe rang mit ihr und warf sie nieder. Es kam der Büffel und sprach: "Wer sitzt auf dem Erdhügel?" Der Affe sagte: "Ich", rang mit ihm und warf ihn nieder. Da kam der Elefant, rang mit ihm und wurde niedergeworfen. Jetzt kam die Schildkröte und fragte: "Wer sitzt auf dem Hügel?" Der Affe sagte: "Ich", und rang mit ihr; die Schildkröte warf den Affen nieder. Der Affe sagte, er sei ausgeglitten, man solle ein Loch graben. Sie taten so. Sie rangen wieder; auch dieses Mal warf die Schildkröte den Affen nieder. Da wurde der Affe zornig, nahm Baumrinde und bedeckte damit die Schildkröte. Die Schildkröte nahm einen Dolch und steckte ihn ins Feuer. Als er rot glühte, stach sie ihn dem Affen ins Gesäß.

Nabala und der Tod

Der Tod stand am Marktweg. Kam ein Mensch, griff er und tötete ihn. Ein Jüngling und eine Jungfrau kamen; er griff diese, sie zu töten. Nabala sprach zum Tod: er möge sie vorerst lassen, damit sie ihm Brennholz suchten. Da sie dies herbeigeschafft hatten, sagte Nabala ihnen: "Wenn der Tod auch sagt, legt das Brennholz nieder, dann verweigert es und sagt dem Tod, er solle euch helfen, das Brennholz niederzusetzen. Wenn er euch das Brennholz vom Kopfe abhebt, so nehmt ein Schwert und schlagt ihn." Nabala gab ein Schwert, den Tod zu zerschneiden. Da sie nun den Tod geschlagen hatten, zerschnitten sie ihn in der Mitte; die Beine gingen nach oben; Kopf und Arme sanken in die Erde.

Mkwule

Die zwei ersten Menschen

Oben bei Gott waren viele Menschen. Gott sprach: "Auch auf Erden sollen viele Menschen sein", und schleuderte zwei reife Menschen herab. Einer war Mann, der Gefährte Weib. Er warf sie herab mit geringem Samen jeglicher Art und einem Körnlein zur Nahrung. Gott sprach zu ihnen: "Mahlt ein Körnlein Getreide, verdeckt es mit der Schwinge." Als sie diese abhuben, fanden sie viel Getreide, sich zwei Tage zu sättigen. Zuspeise war ihnen Spinat, Kürbis und Bohnen. Gott gab ihnen auch zwei Fische. Sie setzten diese in das Wasser, worin die Fische ihnen zur Nahrung sich vermehrten.

Die Unschuld

Im Beginn wußten sie nichts vom Zeugen. Eines Tages sprach die Frau zum Manne: "Eine Wunde trage ich im Leib, siede Wasser sie zu waschen." Er sott, wusch, wusch. Die heilte nicht. Er sprach: "Was ist dies, die Wunde schließt sich nicht." Gott sah die Menschen, was sie taten und sprach: "Einfältig sind sie, auf daß ich ihnen den Sohn der Weisheit sende, sie zu lehren." So schwoll das Knie des Weibes, schwoll, schwoll. Eines Tages kam ein Kind hervor. Der Weise, der Kennende. Da er auf Erden fiel, begann er zu sprechen: "Was du wäschst, ist nicht Wunde. Erkenne das Weib, daß es einen Menschen gebäre." Der Mann ging, erkannte sein Weib, das ein Mädchen gebar.

Die Sünde

Das Mädchen wuchs auf und wurde geheiratet. Da gab ihr die Schwiegermutter ein Körnlein und sagte: "Mahle auf dem Stein dies eine Körnlein, decke das Mehl mit der Schwinge." Die Schwiegermutter ging ins Feld. Die

Braut blieb zurück, sagte: "Wie sollen wir mit einem Körnlein satt werden, ich nehme viel Getreide, einen Korb voll." Sie tat so. Da die Schwiegermutter in das Dorf zurückkehrte, sah sie, was die Braut getan, weinte und sprach: "Oh, du verdarbst die Erde des Menschen, jetzt müssen wir arbeiten alle Tage; müssen Hungers sterben." Gott kam, sprach: "Ihr verdarbt die Erde, jetzt müßt ihr viel pflanzen, müßt Todes sterben."

Auferstehung

I

Eines Tages sprachen die Menschen: "Wir wollen Schaf und Hund befragen." Sie gaben dem Schaf Fleisch, sie gaben dem Hund Knochen. Ein altes besessenes Weib sagte: "Ihr irrt euch. Gebt dem Hund Fleisch." Die Leute stimmten zu, vertauschten, gaben dem Hund das Fleisch, gaben dem Schaf den Knochen und sprachen: "Wer verschlingt und spricht: dessen Worte sollen gelten." Der Hund sputete sich, schlang das Fleisch hinunter und bellte: "Huhu, wir sterben, wir vergehen." Das Schaf benagte schnell den Knochen, ohne ihn zu verschlingen, endlich sagte es: "Bee, wir sterben, wir kommen wieder." Die Menschen sagten: "Weh, der Hund ist zuvorgekommen." Sie schlugen, verjagten den Hund.

II

Da die Erde durch die Frau verdorben war, starb im Dorf ein Mensch. Sie begruben ihn, sprachen: "Verlassen wir das Dorf. Hier ist jetzt schlimm; verziehen wir, bauen wir anderswo." So taten sie. Unterwegs sagte ein altes Weib: "Ich vergaß Becher, Kochlöffel und Besen; ich muß zurück ins alte Dorf." Die anderen sträubten sich, sagten: "Nein, du darfst nicht zurückgehen." Die Alte achtete der Worte nicht, kehrte zurück. Die anderen sagten: "Sie hat ein Gespenst im Leib." –

Da die Menschen das Dorf verlassen hatten, sagte Gott zum Verstorbenen: "Die Leute flohen, hier ist jetzt schlimm. Das Gras wächst wirr, bleibe hier nicht allein. Stehe auf, gehe aus dem Grab hervor." Der Mensch rührte sich im Grab, begann zu erstehen und erhob sich bis zur Leibesmitte. Da das alte Weib – besessen war es – ins alte Dorf zurückkehrte, traf es den

Menschen beim Auferstehen. Es sprach zu ihm. "Ich sagte so, wenn ihr sterbt, sollt ihr nicht wiederkehren; kehre zurück ins Grab, woraus du hervorgegangen." Er kehrte zurück ins Grab.

Das Kind der Weisheit

Der Mann war mit Körnern in den Haaren. Der Weise sprach zu ihm: "Ziehen wir aus, hacke Baumäste." Er hackte, verbrannte sie. Der Weise kratzte das Haar des Menschen, streute, wo die Baumäste verbrannt waren, Samen auf die Erde. Der Mann kehrte zum Baum zurück, sah hin, sprach: "Wahrlich, das Gras sprosset aus dem Samen." Er kam wiederum, sah das Gras, wie oben Köpfe rötlich wurden. Er sprach zu den Seinen: "Erntet, daß wir sehen." Sie ernteten, reinigten im Mörser, breiteten aus unter der Sonne, mahlten auf dem Stein, sahen Mehl, es war weiß. Der Mann sagte: "Kocht es im Topf, daß wir sehen." Sie kochten, kosteten, freuten sich, sagten: "Es ist süß, wie sehr." Der Mensch kannte nun den Mehlbrei, seine Nahrung.

Dahome

Warum das Weib dem Manne untertan ist

Da Mahu Mann und Weib erschaffen hatte, setzte er sie fern voneinander; doch so, daß sie einander hören konnten, wann sie sprachen. Sie hatten Augen, sie sahen nicht. Sie hatten Beine, sie nutzten ihnen nicht. Sie rollten gleich Palmöltonnen. Mahu gedachte, derart sie eine Weile zu belassen, um zu erkennen, was geschehe. Er wartete und beschaute sie einen jeden Tag. –

Der Mann wäre gern dem Weibe genaht, doch fürchtete er, Mahu aufzustören, wenn er auf den toten Blättern rolle, die den Boden bedeckten. Einen Tag erwischte die Frau eine Kröte; sie steckte sie auf das Bratholz und knackte sie. Das Krötengift beschmutzte ihr Gesicht, sie rieb stark das Gesicht. Mit dieser Bewegung öffnete sie ihre Lider. Sie war verwundert, zu sehen.

Ihr erster Wunsch war, zum Manne zu gehen. Sie besprengte die Blätter aus Furcht, ihr Lärmen störe Mahu. Sie kam zum Mann und erzählte, wie sie das Sehen errieben. Sie erzählte ihm noch ein ander Ding, so daß ihnen die Trennung zu rasch dünkte. Dies Erzählen machte den Mann wünschen, das Licht zu sehen. Er ging, die Frau aufzusuchen und von ihr eine Kröte zu erbitten. Zum Unglück netzte er nicht die trockenen Blätter. Mahu vernahm das Geräusch und lief hinzu.

"Ah", sprach er, "die Frau erkannte den Mann. Ihr zur Strafe soll es nimmer so geschehen. Nun erwarte sie den Ruf des Mannes."

Eine schlüpfrige Geschichte

Lange vor Dahomes Gründung lebte ein König mit Namen Dadase.

Eines Tages, da er den Markt besuchte, gewahrte er einen jungen Knaben, dessen Gesicht war schön und seine Glieder wohlgebildet, so daß er ihn für ein junges Mädchen hielt und sie vom Vater zur Ehe erbat. Dieser wollte dem König den Irrtum klären, doch die Furcht ihn zu erzürnen und der Gedanke an die große Ehre, womit solche Heirat ihn bestrahle, hinderten ihn, die Wahrheit zu gestehen. Er gab also seinen Knaben unter dem Namen Dausi zur Ehe, wobei er bedingte, daß Dadase jenem gestatte, abgetrennt zu baden, und ihn nicht als Gattin brauche, ehe ein Jahr vorüber. –

Der König willigte ein, und da er in sein Schloß zurückgekehrt war, befahl er alsbald, Mauern zu errichten, damit die neue Gattin ihre Waschungen geschützt vor den Blicken der Gefährtinnen vornehmen könne. Diese verbargen, wenn sie badeten, nur Zäune aus Palmblättern.

Die Art, wie Dadase Dausi betreute, und die zahlreichen Geschenke, die er ihm gab, erregten bald die Eifersucht der anderen Frauen. Eine unter ihnen erzürnte sich vor allen. Das war Aluba, die Alte, der die Gefährtinnen Gehorsam schuldeten. Sie beschloß den neuen Eindringling zu überwachen, um sie bei einem Fehler zu ertappen und beim König zu verklagen, wenn er eines Nachts ihre Matte teile. In dieser Absicht bohrte sie ein Loch in die Lehmmauer, wohinter Dausi ihre Bäder nahm; da sie ihr Auge an die Öffnung brachte und beobachtete, merkte sie, daß die Neuangekommene ein Knabe war. Sobald sie konnte, teilte Aluba dem König das Entdeckte mit. Da Dadase es nicht glauben wollte, sagte sie: "Wohlan, befiehl den Frauen für deine Fetische zur Quelle zu gehen."

Wann die Frauen der Fetische wegen zur Quelle gehen, setzt sich der König vor das große Tor des Palastes, sie vorbeischreiten zu sehen. Alle öffnen, da sie bei ihm vorbeigehen, den einzigen Schutz, womit sie bekleidet. Sie schmücken sich diesen Tag, salben den Körper mit Fett, bestäuben Hals und Arme mit Puder von Atike und tragen die schönsten Perlengürtel und all ihre Armbänder.

Die neue Gattin, da sie vernahm, welchen Brauch der König befohlen, klagte: "Dadase nimmt wahr, daß man ihn betrogen, und hart wird er mich züchtigen." –

Also beschloß sie, aus dem Palast zu entfliehen, aber sie mußte vierzig Tore durchschreiten, jegliches von einem Hund bewacht. Drum bereitete sie vierzig Kugeln aus gekochtem Maismehl, die sie in eine Kalebasse schüttete. Als die Nacht gekommen, ging sie. Jedesmal, wenn sie zu einer Türe kam, gab sie dem wachenden Hund eine Kugel, daß er nicht belle. –

So gelang es ihr, den Busch zu gewinnen, ohne zu wecken.

Dort traf sie die Hyäne.

"Hyäne", sprach sie, "ich bin sehr unglücklich, trage mich weg."

Doch die Hyäne schlug ab.

Dann begegnete sie dem Panther.

"Panther, trage mich fort."

Der Panther schlug ab.

Sie trifft den Tod.

"Tod, trage mich weg."

Und der Tod sprach zu ihr:

"Ich kenne deinen Kummer. Warum klagen. Ich werde aus dir ein Mädchen wandeln." –

Sprachs, und schnitt ihr mit trockenem Knirschen seines Messers ein Ding ab, das gewöhnlich nicht Gabe der Mädchen ist. Darüber blies er, wandelte es in Maniok und gab es Dausi zurück.

"Nimm es", sprach er, "und vor allem hüte dich, davon zu essen, wenn du nicht wieder zum Mann werden willst."

Dausi, ihres Kummer ledig, kehrte zum Palast zurück. Die Hunde, denen sie zu fressen gegeben, erkannten und ließen sie gehen; sie liebkosten die Schreitende. Der Tag kam, heiter begann sie zu singen und das Lied klang in Alubas Ohren. Gleich lief Aluba bei; sie fand Dausi beschäftigt, Maniok zu schälen.

"Wer gab dir das?" frug sie.

Erwiderte Dausi: "Maniok, den mein Vater mir schickte, willst du davon?"

Die Alte ließ sich nicht bitten, doch wie sie zu essen begonnen hatte, spürte sie in der verstecktesten Stelle ihres Körpers ein Jucken. Sie kratzte, doch je mehr sie kratzte, um so stärker fühlte sie in dieser Gegend ein Glied sich bilden und wachsen, dessen sie bis dahin gänzlich entbehrte und das bald die übliche Größe erreichte und sie in allen Punkten einem äußerst wohlgebildeten Knaben gleichen ließ. –

Da war es an ihr zu jammern. Es war Zeit, zur Quelle zu gehen, und alle Frauen, schon bereit, trafen Dausi, um vor dem König vorbeizuschreiten. Dadase prüfte aufmerksamen Auges eine nach der anderen, und gewahrte, daß Aluba fehle. Man ging sich erkundigen; doch fand man sie nicht; der König begann, unruhig zu werden und schickte mehrmals den Palast zu durchsuchen. Endlich fand man Aluba in eine Ecke gekauert, klagend und stöhnend, man brachte sie.

Da sie vor dem König war, zwang man sie, den Schurz zu öffnen, den sie hartnäckig verschloß, und sie zeigte sich, wie sie war. Bei solchem Anblick waren Zorn und Wut des Königs furchtbar.

"Lügnerin, die du bist", schrie der König. "Gemeine Verleumderin, die mich Dausi zu verjagen antrieb. Dich will ich jagen. Diesen Morgen fingen wir eine Hyäne; mit ihr geh."

Er befahl, Aluba auf die Hyäne zu binden. Die trug sie weg in den Busch.

Der Ursprung der Fische und der Finsternis

Ehemals schien die Sonne umgeben von ihren Kindern, ebenso wie heute der Mond mit den Seinen, den Sternen, leuchtet.

Die Hitze war tagsüber stark, so daß die Menschen aus den Hütten nicht heraustreten konnten und kaum zu essen fanden. Also haderten sie mit ihrem Geschick. Der Mond dachte, dann ging er zur Sonne. "Unsere Kinder", sprach er, "verursachen Kümmernis. Sie machen die Menschen murren. So du zustimmst, wird jeder von uns seine Kinder in einen Sack stecken und sie ins Wasser werfen."

Da der Mond also gesprochen, sammelte er kleine weiße Kiesel. Er steckte sie in einen Sack, dann ging er zur Sonne, ob sie nach Übereinkunft tue. Die Sonne war bereit. Sie folgte dem Mond zum Flußufer und warf nach ihm ihren Sack hinein.

Da die Nacht gekommen war, sah die Sonne alle Sterne um den Mond versammelt. Voll Zorn sprach sie: "Du hast mich betrogen. Morgen werde ich meine Kinder wieder nehmen." –

Das erste ihrer Kinder, das die Sonne aus dem Wasser zog, starb sogleich und also das zweite und das dritte, das sie nehmen wollte. Sie glänzten noch, doch vermochten sie nicht mehr den Vater zu schauen. Der ließ sie im Wasser, aus Furcht, sie alle verderben zu sehen. Dies ist der Ursprung der Fische. Seitdem haßt die Sonne den Mond. Sie verfolgt ihn immer und faßt ihn bisweilen.

Abend und Morgen

Abend und Morgen sind Brüder.

Ihr Vater, Mahu, behandelte sie nicht gleicherweise. Seinem Ältesten, dem Morgen, gab er unzählige Untertanen und alle Reichtümer. Dem Abend gab er nur eine Kalebasse mit zwei Arten Perlen gefüllt, den nana und azanmun. Dies waren die einzigen Dinge, womit er Morgen nicht begünstigte. –

Morgen erkrankte. Der Zauberer wurde gerufen, ihn zu pflegen. Der verbürgte Genesung nur, wenn man ihm die Perlen nana und azanmun schaffe. Voller Unruhe gingen die Untertanen, die kostbaren Perlen zu suchen. So kamen einige zu dem Abend und sagten ihm den Kummer.

"So ich euch die Perlen schaffe, was gebt ihr zum Entgelt?" frug Abend.

Erwiderten sie: "Zahllose Kauris."

Der Abend nahm die Kalebasse, die ihm sein Vater gegeben hatte, öffnete sie, die Perlen fluteten in Menge über den Boden. Allein geblieben sann der Abend. Er ertappte sich, wie er dem Bruder viele Krankheiten anwünschte, und gedachte, bemerkt zu haben, daß die Blätter der Kalebasse bei der Wanderung des Morgen sich schlössen. Er ging zu einem Zauberer, den er beauftragte, Fa, das Geschick zu befragen, um zu wissen, ob er Morgen nicht in Krankheit bringe, so er ihm die ganz geöffneten Blätter der Kalebasse unter die Füße lege. Der stimmte zu, und danach tat er. Er machte Morgen krank, wann ihm beliebte, und so tauchte er alle seine Perlen gegen die Kauris des Bruders. Abend war viel reicher als Morgen geworden, da die Menschen erschaffen wurden, so konnte er ihnen viel mehr gewähren als sein Bruder. Also wählten sie ihn zum König. Sie gaben ihm zwölf kleine Knaben zu Begleitern; die sagen:

"Abend, zum Königtum bist du geehrt.
So Morgen König wäre, zerbräche das Land.
Königtum kann nicht währen
In den Stunden des glühenden Tages."

Sagen der Fang

Sonne, Mond und Sterne

Im Anfang waren Sonne und Mond Mann und Frau. Sie lebten zusammen und hatten viele Kinder. Die Kinder von Sonne und Mond nennt man Sterne. Sonne, Mond und Sterne essen nicht die gleichen Speisen wie wir. Sie nähren sich vom Feuer, und darum glänzen sie. Im Anfange waren Sonne und Mond Mann und Frau.

Sie lebten zusammen. Da kam eines Tages ein mächtiger Häuptling in ihr Dorf, dessen Name und Land weiß ich nicht. Er brachte viele Kisten voller Waren mit. So groß waren seine Schönheit und sein Reichtum, daß das Herz des Mondes alsbald entflammte. Als der Häuptling wegging, gab der

Mond ihm ein Zeichen. An der Wegkrümmung wollten sie sich heimlich treffen, um rasch zu fliehen.

Die Sonne merkte bald, daß der Mond nicht mehr an seiner Seite ist. "Wo ist sie", schreit er seinen Kindern zu. Diese wissen nicht Antwort. "Wo ist sie, frage ich euch?" Sein Gesicht funkelt in Zorn, daß alle Sterne sich fürchten.

"Ah", schreit er, "ihr seid es, die eurer Mutter geholfen habt." Sofort jagte er sie. Jedesmal, wenn er einen Stern ergreifen kann, verschlingt er ihn, und niemand spricht mehr von dem Stern. Aber diese sind dermaßen zerstreut und so zahlreich, daß immer noch einige bleiben und sogar viele. Seit dieser Zeit läuft die Sonne jeden Tag hinter dem Mond und den Sternen her. Sobald diese ihn am Himmelsrand aufgehen sieht, beeilt sie sich, in ihre Hütte zu verschwinden. Wenn er den ganzen Teil des Firmaments, so wie wir sehen, belaufen hat, eilt er zur anderen Seite, ermüdet nie und rastet keinen Tag. Kaum daß er verschwunden ist, seht ihr den Mond aufscheinen, bald hier bald da; denn sie wechselt oft den Schlupfwinkel, um den Gatten von der Spur abzulocken. Mitunter überrascht er sie, und mit einem Biß seiner Zähne reißt er ein Stück aus. Manchmal, wenn der Mond sich zu sehr inmitten ihrer Kinder verspätet, trifft er sie noch am Himmel und will sie verschlingen. Bis jetzt gelang es ihm nicht; denn der Mond ist sehr flink. Sobald der Gatte sie erreicht, rettet sie sich rasch, und das Verfolgen beginnt von neuem. Bisweilen entdeckt die Sonne den Schlupfwinkel seiner Frau. Er nähert sich leise, leise, und während langer Stunden birgt sich der Mond.

Doch wenn sie frei ist, läuft sie schnell in die Mitte ihrer Kinder, der Sterne; denn sie liebt diese sehr, und wie eine gute Mutter frißt sie sie nie. Sie geht von einer Hütte in die andere und besucht sie nacheinander. Mitunter feiert sie mit ihnen Hochzeit; sie wirft sich dann um den Kopf ein wunderbares Band, das sie am Tage der Vermählung mit der Sonne trug. Sobald die Sonne von der anderen Seite der Erde wieder aufscheint, flieht sie schnell mit all ihren Kindern. Nur eins läßt sie zurück, immer den gleichen Stern, damit er im Falle der Gefahr Nachricht bringt, und der wacht behutsam Morgen wie Abend.

Die Verfolgung dauert schon lange, lange Zeit. Aber ein Tag wird kommen, da sie endet; denn nach allem ist der Mensch Meister der Dinge, und er muß Recht behalten. Ohne ihn wären die Dinge schlimm. Diesen Tag wird die Sonne den Mond in eine tiefe Grube verschließen in den Grund der Erde, und nimmer wird er sie aufsteigen lassen. Wenn die Mutter im Gefängnis sein wird, werden die Kinder rasch gefressen sein.

"Was geschieht dann mit uns Menschen?"

"Das weiß ich nicht, mein Bruder."

Die Erzählung von Ngurangurane, dem Krokodilmann

Vor langer Zeit lebte ein großer Zauberer, Ngurangurane geheißen, der Krokodilmann. Hier wird erzählt, wie er geboren wurde; das ist die erste Sache. Was er tat und wie er starb, das ist die zweite Sache. All seine Taten zu erzählen, das ist unmöglich; und auch, wer könnte ihrer sich erinnern.

Damals wohnten die Fang am Ufer eines großen Flusses, so breit, daß man nicht das andere Ufer sehen konnte. Sie fischten am Ufer, sie gingen nicht auf den Fluß. Keiner hatte sie gelehrt, Boote auszuhöhlen. Ngurangurane hat sie das gelehrt.

Im Fluß lebte ein ungeheures Krokodil. Die Kraft dieses Tieres war wunderbar. Sein Kopf war länger als die Hütte, seine Augen größer als ein ganzes Zicklein, seine Zähne rissen einen Menschen in zwei Stücke, seine Schuppen machten einen Menschen gegen die stärkste Lanze unverwundbar. Es war ein schreckliches Tier; dies hatte den Fang also befohlen:

"Jeden Tag sollt ihr mir einen Sklaven zu essen geben; den einen Tag einen Mann, den anderen eine Frau, und an jedem Neumond ein Mädchen, sorgfältig rot gemalt, leuchtend vom Fett und rotem Puder. Wenn ihr dies tut, sollt ihr in Frieden leben, wenn nicht, wird großes Unglück euch heimsuchen." Die erschreckten Menschen schwiegen, und den anderen Tag brachte man dem Krokodil das geforderte Opfer. Den einen Tag einen Mann, den anderen Tag eine Frau, und an jedem Neumond ein Mädchen, glänzend von Öl und rot gepudert. Der Name des Krokodils war Ombure. Die Wasser gehorchten Ombure. Die Wälder gehorchten Ombure. Er war Herr des Waldes, er war Herr des Wassers. Zweimal versuchten die Fang, sich dem von Ombure auferlegten Tribut zu entziehen und verließen das Land, darin sie wohnten. Eines Tages versammelte der große Häuptling alle Häuptlinge in seinem Haus. Er sprach lange; lange nach ihm sprachen die anderen. Da der Palaver beendet war, sprach der große Häuptling: "Also ist die Frage des Aufbruchs geregelt. Wir werden weit ziehen, weit von hier, jenseits der Berge. Wenn wir weit sein werden, vom Fluß, weit entfernt von hier, wird Ombure uns nicht erreichen können." Alle antworteten: "Wir wollen gehen; wenn wir weit sein werden, sehr weit vom Fluß, kann Ombure uns nicht erreichen; wir werden glücklich sein." Also ward beschlossen, die Pflanzungen nicht zu erneuern, und daß der ganze Stamm zu Ende der Regenzeit die Flußufer verlasse.

So wurde getan. Zu Beginn der trockenen Jahreszeit, wenn die Flüsse vertrocknet und sich gut reisen läßt, setzt der Stamm sich in Marsch. Am ersten Tag ging es rasch, rasch; so rasch, wie man gehen konnte. Jeder Mann trieb seine Frauen an; die Frauen eilten schweigend, gebückt unter der Last der Vorräte und Werkzeuge; man trug alles mit, Töpfe, Geschirr, Körbe, alles, alles. Jede Frau hatte ihre Last. Der große Häuptling war an der Spitze, um zu führen. Den ersten Tag schauten viele hinter sich und glaubten, das Krokodil zu hören; aber sie hörten es nicht. Am zweiten Tag war der Marsch der gleiche; aber man hörte nichts; am dritten Tage war der Marsch der gleiche; man hörte nichts.

Am dritten Tage steigt das Krokodil wie gewöhnlich aus dem Wasser und kommt zu dem Platz, wohin man sein Opfer brachte. Nichts. "Was ist das?" Sofort geht es zum Dorf. Er hört kein Geräusch, er tritt ein. Alle Hütten sind verlassen. Er geht zu den Pflanzungen, alle Pflanzungen sind verlassen. Er durchläuft alle Dörfer, alle Dörfer sind verlassen, er durchläuft alle Pflanzungen, alle Pflanzungen sind verlassen.

Ombure gerät in schrecklichen Zorn und taucht in den Fluß zurück, seine Fetische zu befragen. Er singt.

"Die ihr den Wassern befehlt,
Die ihr den Wäldern befehlt.
Die ihr alle mir gehorcht, ich rufe euch.
Kommt, kommt auf den Ruf eures Herrn,

Antwortet gleich.
Ich will den Blitz schicken, den Donner schicken, der murrt.
Den Regen, der aus den Wolken fällt,
Den Sturm, der die Bananenbäume ausreißt,
Alle werden der Stimme ihres Herrn antworten.
Ihr alle, die ihr mir gehorcht, sagt mir den Weg,
den Weg, den die Flüchtigen nahmen."

Nachdem Ombure seine Fetische befragt hatte, kannte er den Weg, den die Flüchtlinge genommen hatten. Vergebens hatten diese ihre Spuren verheimlicht. Ombure kannte ihren Weg. Wer hatte es ihn gelehrt? Der Regen, der Wind, der Sturm hatten es ihm gesagt; der Donner, der Blitz, der Wald hatten es ihn gelehrt.

Die Fang setzten ihren Marsch fort, lange, lange. Sie überschritten die Berge, und der große Häuptling befragte seinen Fetisch. "Sollen wir hier halten?" Der Fetisch, der Ombure gehorchte – doch dies wußte der Häuptling nicht –, der Fetisch antwortete: "Nein, du wirst nicht hier halten." Sie durchschritten die Täler, und der große Häuptling fragte seinen Fetisch: "Werden wir hier halten?" Der Fetisch, der Ombure gehorchte, aber dies konnte der Häuptling nicht wissen, antwortete: "Nein, du wirst hier nicht halten, das ist kein guter Platz." Sie durchschritten die Ebene, und da sie durchschritten war und man den großen Wald gefunden hatte, den Wald, der nicht endet, befragte der große Häuptling wiederum seinen Fetisch: "Sollen wir hier halten?" Und der Fetisch antwortete noch einmal: "Weiter." Endlich kamen sie in eine weite Ebene vor einen großen See, der jeden Durchgang verschloß, und der große Häuptling befragte seinen Fetisch: "Sollen wir hier halten?" Der Fetisch, der Ombure gehorchte, antwortete: "Hier bleibe."

Die Fang waren viele Tage und viele Monde gewandert. Die kleinen Kinder waren groß geworden, die Jünglinge waren junge Krieger geworden und die jungen Krieger reife Männer. Sie waren viel Tage und viel Monde gewandert. Sie hielten am Seeufer. Man errichtete neue Dörfer, Pflanzungen wurden angelegt. Da alles bereit war, vereinigte der Häuptling seine Männer, um dem Dorf einen Namen zu geben, und man nannte es: "Akurangan, die Befreiung vom Krokodil."

In der gleichen Nacht gegen Mitternacht hören sie großes Geräusch. Alle kommen heraus. Ombure war in der Mitte des Dorfes. Er war vor der Hütte des großen Häuptlings. Was tun? Wohin fliehen und sich verbergen? Keiner wußte es, und da der große Häuptling aus seiner Hütte hervorkam, um zu sehen, was geschehe, Yu, das war der erste Fang. Mit einem Biß brach ihn Ombure entzwei. "Hier hast du die Befreiung vom Krokodil", sprach Ombure und ging zum See zurück. Die zitternden Krieger wählten einen anderen Häuptling. Man nahm einen Sklaven und band ihn am Seeufer als Opfer fest. Ombure, da der Abend gekommen war, verschlingt seine Beute, dann dringt er ins Dorf und fordert gebieterisch einen anderen. "Jeden Tag", sprach er, "gebt ihr mir zwei Opfer; einen Tag zwei Männer, den anderen Tag zwei Frauen, jeden Neumond zwei Mädchen. Wenn nicht, so werdet ihr untergehen. Ich bin Ombure, der König des Waldes, ich bin Ombure, der König des Wassers."

So geschah es lange Jahre hindurch. Jeden Tag erhielt Ombure zwei Opfer, einen Tag zwei Männer, einen anderen Tag zwei Frauen, und jeden Neumond zwei Mädchen. Um dem Blutopfer zu genügen, führten die Fang überall Krieg und waren Sieger; denn das große Krokodil schützte sie. Sie wurden große Krieger.

Nach langen Jahren vergaßen die Fang Wanderung und Unglück, das dieser gefolgt war. Sie waren des von Ombure auferlegten Tributs müde geworden, wollten sich empören und fliehen.

Die Fang zogen zum Wald; dieser verschloß sich ihnen auf Ombures Befehl. Sie waren gezwungen, zum See zurückzukehren, und Ombure forderte nun jeden Tag zwei Mädchen als Opfer –

Jeden Tag führt man Ombure zwei Mädchen zu, zwei Mädchen, in Rot gemalt, leuchtend von Öl. Sie weinen und klagen des Abends. Am Morgen weinen und klagen sie nicht mehr, man hört sie nicht mehr. Sie wohnen auf dem Grund des Sees, in Ombures Höhle. Sie dienen ihm und bereiten seine Nahrung. Eines Tages geschah dies:

Das Mädchen, das des Abends an den See als Opfer gestellt wurde, war die Tochter des Häuptlings. Sie war jung, sie war schön. Abends wurde sie beim Seeufer festgebunden mit ihrer Gefährtin. Die Gefährtin kehrte nicht wieder, aber da der Tag erschien, war die Tochter des Häuptlings noch da. Ombure hatte sie verschont. Neun Monate darnach gebar die Tochter des Häuptlings ein Kind, einen Knaben. Dieser Knabe war Ngurangurane. Ngurangurane ist der Sohn von Ombure, dem Krokodilhäuptling, und ist die erste Geschichte.

Der Tod des Krokodils

Ngurangurane, das Kind des Krokodils und der Häuptlingstochter, wuchs jeden Tag; aus dem Kind wird ein Jüngling, aus dem Jüngling wird ein junger Mann. Dann wird er der Häuptling seines Volkes. Er war ein mächtiger Häuptling und kundiger Zauberer. In seinem Herz stand großes Verlangen, den Tod des Häuptlings zu rächen, des Vaters seiner Mutter, sein Volk vom Tribut zu befreien, womit das Krokodil es bedrückt. Hier wird erzählt, was geschah.

Im Walde findet man einen Baum, das wißt ihr; den Baum nennt man Palme, so fließt der Saft, er fließt überreich. Wenn ihr ihn in ein Tongefäß verschließt und zwei bis drei Tage darinnen laßt, so habt ihr den Dzang, den Trunk, der das Herz erfreut. Das wissen wir jetzt, aber unsere Väter wußten es nicht. Ngurangurane hat es gefunden, und als erster trank das Krokodil den Dzang.

Wer hat ihn den Dzang gelehrt? Ngonomane, der Steinfetisch, den ihm seine Mutter gegeben hat. Ngurangurane tat also: "Bereitet", sprach er zu den Frauen, "alle Tongefäße, die ihr besitzt, alle, und geht in den Wald, zum Tonbach, um noch andere zu fertigen." Die Frauen taten so.

"Gehen wir in den Wald", sprach er zu den Männern, "die Bäume zu schneiden, die ich euch zeigen werde." Alle gingen mit Äxten und Messern. Sie schnitten die Bäume, die Ngurangurane ihnen zeigte. Dies waren Palmen. Da alle geschnitten waren, fing man den Saft auf, der überreich aus den Wunden, von der Axt geschlagen, floß. Die Gefäße wurden herbeigebracht; dies taten die Frauen; die alten Krüge und die neuen. Da alle da waren, füllten sie alle mit Dzang. Die Frauen trugen sie alle in das Dorf. Alle Tage kostete Ngurangurane das Getränk. Die Männer wollten wie er tun, doch das verbot er ihnen durch ein großes Eki (Tabu). Ein Mann trank im geheimen trotz des Verbots und der Kopf drehte sich ihm sofort. Ngurangurane tötete ihn mit einem Schlag, da er das Verbot überschritten und das Eki mißachtet hatte.

Drei Tage später versammelte er seine Leute, die Männer und die Frauen, und sprach zu ihnen: "Jetzt ist Zeit; nehmt die Gefäße und kommt mit mir zum Seeufer." Sie nahmen die Gefäße und gingen mit ihm. Da man am Seeufer war, befiehlt Ngurangurane seinen Leuten: "Schleppt alle Gefäße ans Ufer"; das taten sie. "Tragt die Erde, die ich euch suchen ließ, herbei", und am Seeufer baut man aus frischer Erde zwei große Gruben. Sie wurden sorgsam mit den Füßen getreten, sorgsam mit den Daumen geglättet. Dann gießt man allen Dzang aus den Gefäßen in die beiden Gruben, jeden Tropfen. Die Gefäße wurden zerbrochen und in den See geworfen. Die beiden Opfer wurden beiden Gruben festgebunden; alle kehren ins Dorf zurück. Ngurangurane bleibt allein und verbirgt sich bei den Gruben.

Zur gewohnten Stunde kommt das Krokodil aus dem Wasser hervor. Es geht auf die Gefangenen zu, die vor Schrecken zittern. "Was ist das", sagte er, als er zu den Gruben kommt, "was ist das?" Er schmeckt ein wenig die Flüssigkeit, das Getränk erscheint ihm gut, und er schreit mit lauter Stimme: "Das ist gut, morgen werde ich den Fang befehlen, mir solches jeden Tag zu liefern." Da er geendet hatte, sang er:

"Ich trank den Dzang, den Trank, der das Herz erfreut.

Ich trank den Dzang, mein Herz ist ergötzt, ich trank den Dzang.

Der Häuptling, dem alle gehorchen, ich bin es, der große Häuptling.

Ich bin es, Ngan, ich bin es, der Herr der Wasser, der Herr der Wälder. Der Häuptling, dem alle gehorchen, ich bin es, der große Häuptling.

Ich trank den Dzang, den Trank, der das Herz erfreut."

Er singt und schläft frohen Gemütes am Strande, ohne die Gefangenen zu bedenken.

Ngurangurane nähert sich dem schlafenden Ungeheuer mit einem starken Strick, unterstützt von den Gefangenen bindet er es an einen Pfahl. Dann schleudert er mit aller Gewalt seinen Wurfspieß, und trifft das stumme Tier. Die Lanze prallt von den dichten Schuppen zurück, ohne zu verwunden. Das Krokodil zuckt nur ein wenig und sagt im Schlaf: "Eine Mücke hat mich gestochen." Ngurangurane nimmt seine starke Steinaxt, mit einem schrecklichen Schlag trifft er das eingeschlafene Tier. Die Axt prallt zurück, ohne das Ungeheuer zu verwunden. Die zwei Gefangenen flüchten erschrocken. Ngurangurane, der Herr des Donners, ruft den Blitz zu Hilfe. Der Blitz verweigert den Gehorsam. Er greift seinen Stein, den Stein von Ngurangurane, in seinem Namen befiehlt er dem Blitz, ihm zu helfen. Dieser gehorcht nun. Er trifft das Krokodil am Kopf und zwischen den Augen, das Krokodil fällt auf der Stelle vom Blitz geschlagen tot. Ngurangurane eilt in das Dorf zurück. "Ihr alle, Leute des Dorfes", spricht er, "kommt alle. Kommt zum Seeufer. Das Krokodil liegt tot da. Ich habe das Krokodil getötet. Ich habe den Häuptling unseres Volkes gerächt. Ich habe euch befreit. Ich, Ngurangurane."

Alle waren glücklich, man tanzte um die Leiche den großen Krokodiltanz.

Die Verehrung des Krokodils

Am Seeufer liegt das Krokodil ausgestreckt. Am anderen Morgen tut Ngurangurane also:

Er nimmt das Messer, das Opfermesser aus Stein, und befiehlt seinen Männern, die Leiche umzudrehen. Sie drehen die Leiche um. Nun spaltet Ngurangurane die Haut. Er spaltet sie von der Gurgel bis zum Schwanz, er spaltet sie der Länge nach, und er spaltet sie zweimal in der Breite. Er zerschneidet sie auf jeder Seite. Das Fleisch wird weggetragen und auf das Feuer gesetzt. Jeder der Männer nimmt sein Teil, jeder sein Stück. Für Ngurangurane das Herz und das Hirn, für die Greise die weichen Teile, für die Krieger das Fleisch, für die Frauen und Kinder die Eingeweide. Jeder hat sein Teil, jeder sein Stück.

Die Haut wird getrocknet und sorgfältig zusammengenäht. Ngurangurane verteilt Holzstücke, um sie abzustreifen. Da alles bereit ist, läßt der große Häuptling die Haut auf die See setzen. Sie schwimmt an der Oberfläche. Ngurangurane ließ darauf die Flossen als Ruder dienen, den biegsamen Schwanz als Steuer. Er geht hier und dort hin, zur rechten und linken, vorwärts und rückwärts. Bis dahin wußten die Fang nicht, was eine Piroge ist. Wie Ngurangurane mit der Krokodilhaut getan, also taten die Fang mit den Baumstämmen und höhlten sie aus. Ngurangurane hat sie diese Kunst gelehrt, und die erste Piroge, die aus Baumstämmen gehöhlt wurde, ahmte den Bau des Krokodils nach. Seit dieser Zeit gingen die Fang auf See, sie begannen große Fische zu fangen; denn bis dahin fürchteten sie das Krokodil und fingen nur Flußfische. Dies ist nicht alles. Nachdem Ngurangurane sein Volk gerächt hatte, gedachte er, daß er des Krokodils Sohn sei, und befahl große Trauerfeste, die großen Feste, welche die Geister der Toten befreien. Während dreißigmal dreißig Tagen beweinten die Frauen das Krokodil, während dreißigmal dreißig Tagen abends und morgens singen sie das Trauerlied, und die Klagen erschallen. Während dreißigmal dreißig Tagen waren die Haare gelockert und mit Erde gefüllt, Gesicht und Brust waren mit weißem Ton gemalt, und sie sangen das Lob des Vaters des Ngurangurane; während dreißig Mondzeiten durcheilte der erzürnte Geist des Krokodils die Dörfer, suchte seine Rache und verfolgte die Lebenden. –

Täglich dröhnte das Tamtam des Todes, die Tänzer folgten einander. Ngurangurane führte den Dienst. Am letzten Tage sind alle Männer und Frauen vereinigt. Nahe beim Dorf, im benachbarten Wald, ließ Ngurangurane Bäume fällen und einen runden Platz anlegen. Die Frauen bringen Tonerde, und mit eigenen Händen knetet der große Häuptling das Bildnis des Ahnen. Er knetet ein ungeheures Krokodil, man schmückt es mit Weiß und Schwarz, mit Schwarz und Rot, und da es ganz bereitet ist, begannen die kreisenden Tänze um den Ahnen. Sie währten die ganze Nacht bis zum Morgen; das Tamtam ertönt. Dann nähert sich Ngurangurane ganz allein. Vor das Bildnis führt er zwei Gefangene, er opfert zwei Männer vor dem Bild. Vor dem Bild opfert er zwei Frauen. Die Fleischstücke sind vor das Krokodil, zu seinem Haupt die Häupter, zu seinem Leib die Leiber gelegt worden. Dann zieht jeder sich zurück. Er spendet die Totenspende. Da alles beendet ist, befiehlt er: "Ein jedes Jahr werden wir auf gleiche Weise das

Krokodil ehren. Ein jedes Jahr werden wir sein Gedächtnis feiern. Sein befriedeter Geist geht zum Land der Toten." Von diesem Tag an bleiben die Fang, vom Tribut befreit, dem neuen Dienst treu.

Der Tod Nguranguranens

Ngurangurane ist ein großer Häuptling. Er führt die Fang in den Krieg, sie siegen immer. Ngurangurane weiß, wann der Feind heranzieht. Dadurch weiß er es.

Des Abends sucht Ngurangurane im Wald Kräuter; die Kräuter, die man kennen muß. Den dreiblättrigen Kela, die Disteln mit den glühenden Spitzen, den starkriechenden Osim, den Ka mit dem bitteren Saft und noch viele andere. Dann zerreibt er in seinem Mörser jedes Kraut und jeden Baum, er singt und mischt Hyänensaft darein.

Wenn alles eine zähe Masse gibt, gut vermischt ist, bedeckt Ngurangurane seinen ganzen Körper damit. Sein ganzer Körper ist überzogen, und keiner darf hinsehen, keiner ihn betrachten; der Tod ist dem Neugierigen gewiß. Zauberischer Sang tönt lange Zeit; da verwandelt sich Ngurangurane, Federn wachsen auf seinem Körper: er war Mensch, er wird Falke, er wird Geier, seine Arme sind Flügel, seine Beine sind Klauen, seine Finger haben Krallen. Er ging als Mensch, als Vogel fliegt er fort; sehr hoch, sehr hoch in die Lüfte. Unter den Wolken schwebt er, und sein rasender Flug trägt ihn über die feindlichen Dörfer. Unsichtbar hört er die Beratung. Er zählt die Krieger, er kennt den Weg, den sie gehen werden, die Pfahlspitzen, die sie einrammen. Er folgt ihrem nächtlichen Marsch, und wenn er zu seinem Dorf zurückkommt, von Neuem als Mensch, führt er seine Krieger, zernichtet die Anschläge des Feindes und siegt. Ngurangurane ist ein großer Häuptling, der Häuptling der Fang.

Abiere ist seine Frau. Abiere, die Tochter Ndonges. Sie liebt er vor allen anderen Frauen. Abiere ist jung, und Ngurangurane ist alt. Seine Haare sind fast verschwunden, sein Bart ist durch die weiten Jahre gebleicht, seine Stärke beginnt ihn zu verlassen. Ngurangurane liebt Abiere, doch Abiere liebt nicht Ngurangurane. Sie liebt Ava, den Sohn Nzogos, er ist jung und schön; sie liebt ihn, und sie möchte ihm gehören. Abiere flieht mit Ava, doch Ngurangurane ruft die Geister des Waldes und der Wasser und verfolgt die Flüchtlinge. Bald greift er sie; Ava entgeht ihm, doch er faßt Abiere. Schrecklich züchtigt er sie und verzeiht, nachdem er ihr die Ohren abgeschnitten hat.

Abiere hat Schande und kann sich nicht mehr den Tänzen ihrer Gefährtinnen mischen. Sie muß in ihrer Hütte verborgen bleiben, sie schwört, sich zu rächen. Da Ngurangurane schläft, raubt sie ihm den Fetischstein, den er von seiner Mutter hält und den er immer an seinem Hals in einem kleinen Sack trägt. Mit List und Bitten hat sie von ihm das wunderbare Geheimnis dieses Steines erlernt, ohne ihn kann Ngurangurane sich wohl in einen Vogel verzaubern, aber einmal verwandelt, kann er ohne Hilfe dieses Steines menschliche Gestalt nicht mehr zurückgewinnen. Abiere gibt den Fetischstein Ava. Zu dieser Zeit brechen die Ye-Kwa in das Land der Fang ein. Ngurangurane eilt, in einen Vogel sich zu verwandeln. Er fliegt weg, beachtet die Bewegungen des Feindes, berechnet also und eilt ins Dorf zurück. Er kehrt in seine Hütte zurück.

Ngurangurane, der Geiervogel, ist in seine Hütte zurückgekehrt. Er eilt, wieder Mann zu werden und seinen Kriegern zu befehlen. In einer Ecke des Hauses, auf ihrer Matte sitzend, mahlt Abiere Mandeln und singt. Sie bereitet das Abendmahl und singt:

"Der Vogel fliegt in der Luft,
Seine Flügel sind für den Flug.
Der Vogel kann nicht gehen,
Fliege Vogel in die Luft,
Warum bleibst du hier?
Fliege Vogel in die Luft.
Sieh, ich zermahle Mandeln.
Solche ißt kein Vogel,
Erzürnte Frau rächt sich,
Fliege in die Luft, du Vogel."

Ngurangurane fühlt sein Herz umdrehen. Er beginnt die Worte seines Sanges, er streicht auf seinen Körper Öl, zerreibt Kräuter und singt:

"Daß meine Flügel wieder Arme runden.
Daß meine Klauen sich in Beine drehen,

Federn schwindet.
Vogel, ich will Mann werden."

Doch seine Flügel blieben Flügel, seine Klauen blieben Klauen. Seine Krallen und Federn schwinden nicht. Zweimal beginnt er von neuem. Zweimal bleibt es das gleiche. Sein Herz dreht sich ihm in der Brust. Mit dem Schnabel und den Klauen zerreißt er den Sack, der den zauberischen Stein enthält. Er ist verschwunden. Zornig stürzt er sich auf Abiere, er weiß, woher sein Unheil kommt.

Er will ihr die Augen ausreißen, ihr die Eingeweide zerfleischen. Aber schon ist Abiere entflohen, sie öffnet die Tür, sie eilt, Ava alles zu sagen. Ava nimmt Bogen und Pfeile. Er eilt und dringt in die Hütte Ngurangu-ranens. Da er ihn sieht, fliegt der Vogelmann. Er fliegt ganz schnell, aber schon hat Ava seinen Bogen gespannt, und der Pfeil fliegt rascher als der Vogel und erreicht das Ziel. Ngurangurane ist in die Brust getroffen und stürzt zur Erde nieder. Sein Blut fließt Tropfen um Tropfen, das Leben verläßt ihn. Da Ava auf ihn stürzt, um ihn zu vollenden, ist Ngurangurane, der große Krieger, schon ein Leichnam.

Ava schneidet ihm den Kopf ab, reißt die Federn aus, macht einen Strauß daraus, um ihn an den Tagen der Tänze in sein Haar zu stecken. Er geht in die Hütte zurück, er hat sich gerächt am Feind.

Indes erwarten die Krieger Ngurangurane. Lange erwartet man ihn, lange ruft man ihn. Man befragt die Fetische, und die Fetische antworten: "Er ist tot." Man befragt den Fetisch, wer ist der Mörder? "Trinkt Elunsaft", das ist die Antwort. Männer, Frauen und Kinder, jeder dringt vor, um Elunsaft zu trinken; aber zwei unterliegen, Abiere und Ava; Ava und Abiere sind schuldig, sie haben Ngurangurane getötet. Sogleich opfert man sie, der Tod ist gerächt, und das Trauerfest beginnt. Das ganze Dorf trägt Trauer, das Tamtam dröhnt jeden Tag. Der Geist des Toten wird befriedet sein. Sechs Monate dauert das Fest. Da alles beendet ist, wählt man nach dem Totentanz einen neuen Häuptling, und Ngurangurane überschreitet den großen Fluß der Toten. Was von ihm bleibt, hier ist es, der Gesang, den ich euch sagte. Das ist das Ende.

Die drei Söhne Adas

Eine Frau mit Namen Ada gebar Drillinge. Die Männer des Stammes wollten diese, so wie man gewohnt, töten. Ada flehte sie, ihr die Kinder bis gen Abend zu lassen. Die einen wollten wohl, die anderen wollten nicht. Der Häuptling des Dorfes kam und sprach: "Lassen wir die Kinder bis morgen." So ließ man sie.

Des Nachts erhob sich Ada, trug die Drillinge fort und rettete sich mit ihnen in die Berge, weit, weit, und nimmer konnte man sie finden. Die Namen der drei Kinder, hier:

Der erste hieß Etarane, der zweite Mendore, der dritte Bisonge. Die Mutter trug sie in den Wald, und als sie fern, ganz fern war, baute sie eine Hütte aus Palmblättern. Dort blieb sie. Über der Hütte stand ein großer Baum, und die Früchte, die er trug, waren gut und groß. Diese Frucht heißt: Angonglongo. Davon waren viele auf dem Baum, viele auf der Erde.

Eines Tages schrie Etarane, der erste, sehr; um ihn zu vergnügen, ging Ada ihm eine Frucht des Angonglongo zu holen. Etarane verstand noch nicht zu gehen. Er nimmt die Frucht, beißt darein, findet sie zuckrig und ißt. Er ißt sie ganz auf; da er sie geendet hat, stellt er sich auf seine Beine, geht unter den Baum und wählt eine andere Frucht. Auch die ißt er ganz auf, dann sagt er seiner Mutter:

"Ich will mich in der Hütte schlafen legen." Die Mutter betrachtet ihn mit großem Erstaunen; denn Etarane hatte noch nie gesprochen. Den anderen Tag, da Ada ihren Sohn nähren wollte, war er ein junger Knabe geworden. Er sagte zu seiner Mutter: "Ich gehe an den Fluß fischen, gib mir Schnur, ein Netz zu machen." Seine Mutter gab es ihm.

Einige Stunden später kam er mit einem vollen Korb Fische zurück. "Nimm meinen Fang und koche die Mahlzeit; von jetzt ab werde ich dich ernähren." Ada war ganz bezaubert; sie suchte die schönste Frucht des Angonglongo, sie bringt sie Mendore, der sie aufknackt. Er ißt sie ganz auf; da er fertig ist, stellt er sich auf seine kleinen Beine, geht unter den Baum, wählt eine andere Frucht; die ißt er auch ganz auf, dann sagt er zu seiner

Mutter: "Ich will mich in der Hütte schlafen legen." Seine Mutter betrachtete ihn mit großer Verwunderung; denn Mendore hatte noch nie gesprochen.

Den anderen Tag, als Ada Mendore stillen wollte, war dieser ein junger Knabe geworden. Er antwortete seiner Mutter: "Ich will in den Wald gehen, Wildbret zu suchen und Fallen aufzustellen. Gib mir Holz, um Fallen zu bauen." Ada gab es ihm. Einige Stunden später kam er mit einem Sack ganz voller Tiere zurück. "Hier meine Beute, nimm sie", sagte er seiner Mutter, "von jetzt ab werde ich dich ernähren."

Indessen sprach Ada in sich: "Sieh, zwei meiner Söhne sind schon etwas groß. Bald werden sie ihre Mutter verlassen. Wenn auch Bisonge die Frucht des Angonglongo ißt, wird er wie seine Brüder, und was wird denn aus mir?" Sie sang:

"Die Mütter sind für die kleinen Kinder.
Die kleinen Kinder sind für die Mütter.
Kleine Kinder groß geworden, Mütter alt geworden.
Bisonge bleibe kleines Kind.
Dich zu pflegen habe ich meine Arme.
Dich zu nähren habe ich meine Milch.
Dich zu schützen habe ich meinen Leib.
Bisonge bleibe kleines Kind.
Die kleinen Kinder sind für die Mütter.
Die Mütter sind für die kleinen Kinder.
Dich zu lieben habe ich mein Herz.
Bisonge bleibe kleines Kind."

Ada liest alle Früchte des Angonglongo auf. Sie verbirgt sie unter den Blättern. Sie trägt sie weit weg in den Wald. Während sie ihr Bestes tut, fällt eine Frucht vom Baum und rollt zu Bisonge. Er nimmt die Frucht, beißt darein, findet sie zuckrig, ißt sie. Er ißt sie ganz auf. Da er geendet hat, stellt er sich auf seine kleinen Beine und geht ganz allein. Ada hat kein kleines Kind mehr. Den anderen Tag, da Ada Bisonge stillen will, verweigert er die Milch. Er war wie seine Brüder ein junger Knabe geworden. "Ich will Vögel töten, gib mir Holz, einen Bogen zu verfertigen." Seine Mutter gibt ihm Holz, einen Bogen zu machen. Er geht in den Wald und bringt den Abend einen Sack voller Vögel zurück. "Von diesem Tag an", sagt er zu seiner Mutter, "bin ich es, der dir Speise gibt."

Indes fahren Etarane, Mendore und Bisonge fort, Früchte des Baumes zu essen. Sie essen, sie essen. Den anderen Tag, da sie erwachen, sind sie junge Männer geworden. "Ich gehe auf den Fischfang", sagt Etarane, "gib mir eine Harpune." Des Abends kommt er mit einem ungeheuren Fisch zurück, so groß, wie wir ihn nie gesehen haben. Am Morgen sagt Menore seiner Mutter: "Gib mir Holz, einen Speer zu verfertigen." Seine Mutter gibt ein Holz. Er macht sich einen Speer, dessen Spitze im Feuer wohl gehärtet ist, geht in den Wald. Den Abend schon kommt er zurück und trägt einen Tiger auf seiner Schulter. "Hier", sagt er, "nimm das Fleisch; zerschneide das Fell und mache mir daraus eine Mütze und ein Wehrgehänge." Seine Mutter tut, wie Mendore ihr befohlen hat. –

Am Morgen sagt Bisonge seiner Mutter: "Gib mir Garn, daraus ein Netz zu machen", und seine Mutter gab es ihm. Den ganzen Tag arbeitete er, ein Netz zu knoten. Da der Abend gekommen war, verspotteten ihn die Brüder: "Bisonge, Bisonge, was hast du heute getan?" Doch da die drei Brüder sich sehr liebten, erzürnten sie sich nicht und teilten untereinander die Beute vom Jagen und Fischen; sie waren gute Brüder.

Indes sang ihre Mutter:

"Kinder Adas was seid ihr geworden?
Sieh, sieh, vor den Starken beugt sich der Baum des Waldes.
Ada hat nicht Kinder mehr, keine kleinen Kinder.
Wen wird sie jetzt an ihre Brust drücken.
Angonglongo, Angonglongo, du hast mir meine Kinder geraubt."

Die Söhne liebten nicht das Lied. Sie befahlen ihr, zu schweigen und neue Früchte zu rösten. Davon aßen sie; sie aßen viel, sie wurden große, große Männer, von übermenschlicher Gestalt. Den anderen Tag sagt Etarane seiner Mutter: "Ich gehe in den Wald, Bambus zu schneiden, um daraus eine Fischsperre zu machen. Ich will alle Fische des Flusses fangen." Er geht in den Wald. Den Abend trägt er eine ungeheure Last Bambus heran und beginnt die Sperre zu bauen. Drei Tage später war der Fluß ganz versperrt, durch eine Reuße, hoch wie ein Mann. Jeden Fisch, den er wollte, nahm Etarane. "Von jetzt an", sprach er, "werden wir im Überfluß leben."

Den anderen Tag sagt Mendore seiner Mutter: "Ich will im Wald einen Baum fällen, um mir einen Speer zu machen. Ich will alle Tiere des Waldes töten." Er geht hin und fällt einen Baum, setzt eine Eisenspitze daran und geht. Da er wiederkam, trug er auf seinen Schultern zwei Elefanten, zweimal hoch wie ein Mann. Sprach er: "Wir wollen das dritte Tier zusammen suchen. Ich ließ es im Wald, um noch andere zu töten; denn sie kommen trauern, da ich den Führer der Herde tötete." Da Bisonge diese Worte hörte, beendete er rasch sein Netz und sprach: "Ich will eben diesen Abend zum Jagen gehen." Wirklich, als die Nacht schwarz war, geht er, sein Netz auf den Schultern, in den Wald. Endlich kommt er an den Platz, wo sein Bruder den Elefanten getötet hat. Mehr als zehn andere waren herbeigelaufen und umstanden den Leichnam, rührten ihn mit Zähnen und Rüsseln und versuchten, ihn zum Leben zurückzuführen. Ohne Zeit zu verlieren, breitet Bisonge sein Netz über die Lichtung, und da sie völlig bedeckt ist, eilt er rasch zur Hütte seiner Brüder zurück.

"Schnell", sagt er, "schnell kommt mit mir, die Elefanten sind gefangen." Alsbald stehen sie auf, eilen zur Lichtung. Die Elefanten sind im Netz, sie können nicht entfliehen. Die drei Brüder haben sie eilends getötet. Sie tragen zur Hütte Zähne und Fleisch zurück; lange Tage essen und trinken sie und freuen sich miteinander, und sie freuen sich mit ihrer Mutter.

Eines Tages war Etarane am Fluß Fische zu fangen. Wenige Zeit war verstrichen, daß er weggegangen war, da kehrte er ganz rasch zur Hütte zurück, wo die Brüder noch schliefen.

"Ich habe den Dzun gesehen" (mythisches Ungeheuer), sprach er und stürzte vor sie. "Kommt helfen, wir wollen ihn töten."

Die drei Brüder eilen. Sie kommen an den Fluß, jeder hat seine Waffen, sie bereiten sich vor, den Dzun anzugreifen. Dieser hielt sich am Ufer. Sobald er die Jäger sieht, stürzt er auf sie los, um sie unter seiner Masse zu zermalmen. Jeder seiner Schritte erschüttert die Erde und wühlt eine Grube so tief, ein Mann könnte sich darin verbergen. Wenn ein Baum seinen Schritten begegnet, knickt er ihn wie einen Grashalm. Seine Zähne waren lang wie ein Mann und rissen die Felsen in die Luft wie kleine Kiesel. Er kommt auf die Jäger zu, schnaubt wie Sturm, der die Bäume entwurzelt. Sie erwarten ihn; sobald er ihnen nah ist, wirft Etarane ihm die Harpune in den Bauch, Mendore durchbohrt ihm ein Auge mit dem geschleuderten Speer, Bisonge wirft ihm das Netz über und rollt ihn in die Mitte der Maschen. Das wütende Tier schlägt vergeblich um sich, indes durchbohrt Mendore ihm das andere Auge. Etarane zersticht ihm das Herz mit dem großen Hieber, und Bisonge schlägt ihm mit dem Schwert den Kopf ab. Sie kehren zur Hütte zurück, bringen den Dzun auf ihren Schultern. Aus dem Schädel machen sie einen Sitz, um sich zu setzen, aus den Schenkelknochen fertigen sie Pfeifen, um die bösen Geister zu scheuchen. Aus den Fellen drei Schilde, aus den Ohren zwei Tamtams, groß wie Hütten. Aus dem einen der Hörner machen sie ein Jagdhorn, um aus der Ferne sich zu rufen, aus dem anderen eine Pfeife, um den Kakuba zu rauchen.

Etarane, Mendore und Bisonge waren drei furchtbare Jäger, ihr Ruf drang weithin. Wenn sie Hunger verspürten, gingen sie zur Jagd. Die Elefanten flohen vor ihnen, rasch hatten sie zugefaßt, drehten sie an Zähnen und Beinen auf den Rücken wie eine Schildkröte und trugen sie dann tot in die Hütte zurück. Solches liebten sie. Oft griffen sie den Abvi an, und trotz der Stärke und der Bosheit dieses Tieres töteten sie ihn mühelos, um sein Fleisch zu essen und sein Fell zu nehmen, das hart wie Eisen ist.

Fern vom Dorf der Brüder lebten damals mehrere Bibibi. Diese Ungeheuer wurden weithin gefürchtet. Oger sind schrecklich; aber Bibibi sind es viel mehr. Sie hielten alle Stämme unterworfen; inmitten ihres Dorfes war eine große Hütte voller Männer, Frauen und Kinder, die mehr als zehn Stämmen zugehörten. Jeden Tag fraßen sie zehn Männer, zehn Frauen, zehn Kinder vom gleichen Stamm. Jeder Stamm hatte seinen Tag. Da die Bibibi von den großen Taten der drei Brüder hörten, sprachen sie untereinander: "Wir wollen sie töten." Eines Tages brachen sie auf. Der eine von ihnen geht voraus, tritt in die Hütte der drei Brüder und bittet um Essen. "Wer bist du?" fragen sie ihn. "Ein Mann der Bibibi." "Wir kennen diese Leute nicht, du mußt gehen." Indes nimmt der Bibibi rasch aus seinem Sack ein betäubendes Pulver und wirft es mit seinem Fetisch in Wasser. Der Rauch steigt in die Luft; da sind die drei Brüder eingeschläfert. Der

Bibibi läuft, seinen Brüdern zu sagen: "Die drei Brüder schlafen, ihr kommt, sie zu töten."

Die drei Brüder schlafen: tief ist ihr Schlaf, tief, daß kein Lärm sie erweckt. Die drei Brüder schlafen. Ada, ihre Mutter, ist bei ihnen, sie schüttelt sie; sie weiß die Gefahr. Die drei Brüder schlafen, tief ist ihr Schlaf, tief, daß kein Lärm sie erweckt. Die drei Brüder schlafen. Erschrocken schüttelt sie Ada. "Wacht auf, meine Söhne, wacht auf." Sie nimmt den Feuerbrand und hält ihn den Augen nahe. Die drei Brüder schlafen. Ada, Ada, deine Mühe ist unnütz, mächtiger als du ist der Fetisch, der sie entrückt. Die drei Brüder schlafen; tief ist ihr Schlaf, tief, daß kein Lärm sie erweckt. Die drei Brüder schlafen.

Ada nahm in ihren Arm Bisonge, den Jüngstgebornen. Sie trägt ihn mit großer Mühe, sie schleppt ihn aus der Hütte; sie verbirgt ihn im tiefen Wald. Sie rettet ihn ein zweites Mal; sie kehrt hastig zur Hütte zurück, die anderen Kinder zu retten. –

Schon haben die Bibibi das Haus umringt. Ada, Ada du kannst nicht mehr eintreten. Die Bibibi brüllen.

"Oh Etarane, oh du Etarane,
Die Wähnenden schlafen und schnarchen und machen Ko.
Oh Etarane, oh du Etarane,
Ohne Schlafen erwachten die Männer.
Wer von uns bleibt leben,
Hört, der Oger erschüttert die Erde.
Hört, der Oger erschüttert die Erde im Hof.
Pan er schläft, pan er schnarcht, pan pan."

Die Bibibi sind in die Hütte eingetreten. Sie haben Etarane erschlagen, sie haben Mendore erschlagen. Das Messer hat die Köpfe abgeschnitten, das Eisen ist in die Kehlen gedrungen. Die Brüder sind tot, nie wird der Schlaf ihre Lider lassen. Der Tod hockt auf den Augen. Die Elefanten im Wald fürchten nicht mehr die Jäger. Wer wird noch kommen zu töten, die beiden Brüder sind tot. Die Bibibi stecken die Hütte in Brand; da sie Ada und Bisonge nicht finden, gehen sie, den andern Tag wiederzukommen.

Im Wald schläft Bisonge, Ada wacht bei ihm. Erst am Morgen erwacht er und findet die Hütte zerstört, die Brüder tot. Ada erzählt ihm, wie es geschehen ist. So ist es geschehen: "Ein Bibibi kam, Gastfreundschaft zu erbitten; er warf in das Feuer seinen Fetisch, und ihr alle schlieft ein. Wohl habe ich versucht euch zu wecken, ich vermochte es nicht. Ich trug dich aus der Hütte, dich, meinen Sohn Bisonge. Ich ging zurück, deine Brüder fortzutragen. Aber schon waren die Bibibi da und haben deine Brüder getötet, ohne daß ich helfen konnte. An dir ist es jetzt, sie zu rächen."

Bisonge geriet in schrecklichen Zorn, er bereitete sein großes Messer.

"Kwi, Kwi, schneide mein Messer, schneide.
Du wirst diesen Abend essen.
Nimm dir das Blut, das Leben gibt,
Du wirst diesen Abend trinken."

Das Messer geschliffen, sagt Bisonge seiner Mutter: "Gib mir mein Netz." Ada gibt ihm das Netz, Bisonge sagt: "Ich gehe."

Er geht durch den Wald, weit, weit. Er kommt vor das Haus der Bibibi; diese waren gegangen, ihn zu suchen. Er betritt das Haus und hört einen großen Lärm von Stimmen: "Nein, nein, an uns ist es nicht, sondern an den Männern von Yenzum. Nein, nein, die von Yengoak, sind daran ... Nein an euch ist es, an euch andern." Er öffnete die Tür, da standen alle Leute, welche die Bibibi eingesperrt hatten, sie zu essen. Schon glaubten sie, es sei Essenszeit, wozu jeder Stamm, wenn an ihm die Reihe war, lieferte. Bisonge befreite sie, dann umgibt er das Haus mit seinem Netz. Er umgibt es gänzlich, läßt nur die Tür frei. Er umgibt es mit vielen Maschen, dann wartet er.

Früh, da es noch schwarz ist, kamen die Bibibi zurück, wütend, Bisonge nicht gefunden zu haben. "Wir werden ihn morgen haben, morgen werden wir gehen, und morgen wird ihm Tod sein."

Kaum sind sie eingetreten, da läßt Bisonge sein Netz über die Tür fallen. Sie sind gefangen wie der Elefant im Ngol, wie die Fische, wenn der Fischer sein Wurfgarn über einen Zug Sardinen wirft. Sie sind gefangen. In der dunklen Nacht, in der Finsternis, da man Furcht hat, ruft die Stimme Bisonges: "Bibibi, Bibibi ... Ihr Oger, die ihr Menschen verschlingt, ich rufe euch, Bisonge, der Bruder beider, die ihr getötet." Die Bibibi stürzen zur Tür, gehen heraus, stolpern und sind im Netz gefangen, wie in einer Falle. Sie versuchen, sich loszumachen und die Maschen mit dem Schwert zu zerhauen. Bisonge kennt den Fetisch, der das Garn zu Eisen härtet, er gibt kein Mittel zu entkommen.

"Ah, ah", sagt Bisonge, "da sind sie, die berüchtigten Oger, oh, jetzt wollen wir Licht sehen"; er nimmt Feuerbrand, wirft ihn auf das Dach, das ganze Haus brennt. Die Fackel Bisonges, da ist sie. Er rafft das Netz, verengt die Maschen, er fängt die zerquetschten und blutenden Bibibis. Er macht einen nach dem anderen los, köpft einen jeden, jedem schlitzt er den Bauch. Alle Leute, die sie den Tag vorher gesessen hatten, entkamen in den Wald. Bald sieht man sie nicht mehr.

Bisonge hat geendet, die Köpfe abzuhauen, der Bauch des letzten ist geschlitzt, er spricht: "Das ist gut, das ist gut."

Sorgfältig sammelt er die Köpfe, färbt sie rot, legt sie in eine Kiste und bewahrt den Fetisch. Die Leute aller Stämme anerkannten ihn als ihren Häuptling, und er herrschte lange über sie; ihm folgten seine Söhne, die anderen darnach.

Angonzing und Ndongmba

Riesen und Zwerge sind gegenwärtig. Jeder Häuptling hat seine Krieger gerufen, alle haben den Ruf des Tam-Tams vernommen. Die Riesen dringen vor, den Wald hindurch. Ndongmba führt sie, bewaffnet mit den drei zauberischen Pfeilen. Der erste erreicht, wonach er über den Wolken zielt, der zweite durchbohrt das tiefste Wasser, der dritte dringt auf den Grund der Erde. Nlutangmba trägt die berühmte Armbrust. Statt Pfeile schleudert sie gewaltige Felsen. Unter dem Aufprall dieser Last werden Menschen zermalmt wie Ameisen. Das Blut fließt wie Öl aus Palmnüssen gepreßt. Ein starker Jäger trägt die berühmte Armbrust.

Der Angriff hat begonnen. Von allen Seiten fliegen die kleinen Pfeile der Zwerge durch die Luft. Wui, wui, wui bohren sie sich in die Körper der Riesen, stechen sie von allen Seiten, treffen sie am Kopf, an Armen, an dem Nabel, an den Beinen. Wui, wui, wui die großen Häupter fallen zur Erde, pum, pum, die großen Köpfe fallen zur Erde. Die Riesen schlagen wütend die Bäume nieder, treten sie um, zerbrechen einen am andern. Sie umgeben den Wald ganz mit einem Kreis niedergehauener Bäume, da der Kreis geschlossen ist, legen sie Feuer an. Die großen Bäume flammen, der Wald brennt, der Wind jagt die Flammen hoch und trägt den Rauch ins Weite. Die wilden Tiere schreien verzweifelt; man hört das Miauen des Tigers, die Elefanten brüllen, aber die Riesen halten gute Wacht. Die Zwerge können nicht entkommen, alle werden sie geröstet sein, wie Heuschrecken. Ndongmba ist Sieger.

Die drei Pfeile werden ihm unnütz sein. Angonzing, der Häuptling der Zwerge, hat die Gefahr erkannt. Er zieht sich mit seinen Leuten in die Mitte des Waldes zurück, sie beraten. Wie der Gefahr entrinnen? Angonzing zerschneidet den Palaver. Auf seinen Befehl graben die Zwerge gleich den Termiten Löcher. Jeder gräbt sein Haus. Jeder hastet; denn der Wind des Feuers ist heiß, und jeder liebt, zu leben. Sobald die Löcher gegraben, bleiben sie in ihren Höhlen und erwarten das Kommende. Um sich zu ernähren, haben sie Ameisen in ihren Höhlen, Ameisen voller Fett, und geduldig warten sie. Drei Tage hindurch flammt der Wald. Drei Tage hindurch halten die Riesen um das Feuer gute Wacht. Endlich beginnt das Feuer zu sinken; sofort dringen sie in die unermeßliche Glut, die erlischt. Mit der Spitze des Speers durchwühlen sie die heiße Asche; hier und da finden sie verkohlte Knochen. Die Zwerge sind tot, die Riesen sind Sieger. Sie kehren in ihr Dorf und singen den Gesang des Sieges und tanzen den Siegestanz; sie kehren in ihr Dorf zurück. Kaum sind sie fort, kommt Angonzing aus dem Versteck hervor und ruft all die Gefährten. Alle kommen hervor, lachen über den guten Streich, den sie den Feinden gespielt haben. Sieger sind die Zwerge, die Menschen der Nacht, die Menschen des dunklen Waldes. Wenn die Finsternis die Sonne verborgen hat, wenn die Riesen Tiere verschlingen und in ihren Dörfern Palmwein und gegorenes Zuckerrohr trinken, dann zielen die Pfeile der Zwerge von allen Seiten. Wui, wui, wui, sie stechen, wui, wui, wui pum, pum, dum, die großen Köpfe der Riesen fallen zur Erde, pum, pum, pum sie fallen zur Erde, die großen Häupter.

Rrrii, der erste Kampf ist beendet, Rrrii, Rrrii.

Die Riesen, wütend über ihre Niederlage, greifen von Neuem an. Noch einmal dringen sie in den Wald der Zwerge. Diese widerstehen nach Kräften. Sie sind tapfer, aber sie sind nicht stark. Die Riesen sind tapfer, und sie sind stark. Evungnzok führt sie, und seiner Waffe kann niemand widerstehen. Sein Bruder Eyangnzok steht ihm zur Seite, und niemand kann ihm gleichen. Als Waffe trägt er ein ungeheures Netz, in dessen Maschen er einen ganzen Wald fassen kann. Er verbirgt es in seinem Bauch, wenn er kämpft, schleudert er es bis zu den Wolken, einen furchtbaren Vogel. Sein durchdringendes Auge sieht alles, und wenn er den Feind entdeckt hat, springt er auf, wirft und schleudert sein Netz, und in den Maschen hängen die Feinde. Dann, wenn alle gefangen und in die Maschen verstrickt sind, ohne Kraft, sich zu verteidigen, speit er den Hamm, der in seinen Eingeweiden verborgen liegt, aus und zermalmt einem nach dem anderen das Haupt. Wenn man ihn angreift, so dreht er seinen Feinden den Rücken zu; sein Rücken ist unverwundbar. Auf seiner Haut, hart wie das Eisen, zersplittern Pfeile und Lanzenspitzen. Wenn alle Pfeile und Geschosse der Feinde verflogen, dreht er sich um, das Spiel ist an ihm, und keiner entgeht ihm.

Angonzing sah im Wald von fern den Feind heranziehen. Er läßt ihn von den Pfeilen seiner Krieger durchlöchern; aber, da er Eyangnzok das todbringende Netz schleudern und entfalten sieht, eilt er mit seinen Leuten schnell in den tiefen Wald, wo die Bäume voller Dornen stehen. Dort fürchtet er das Netz nicht. Die Maschen vermögen sie nicht zu fangen, die Dornen zerreißen alles. Die Riesen müssen zu anderen Waffen greifen. Aber noch einmal ist der Kreis geschlossen. Dieses Mal legen die Riesen kein Feuer an. Sie verfolgen die Zwerge von Baum zu Baum und gewinnen unaufhörlich Gelände. Sie zerstochern das kleinste Loch mit ihren Lanzen, zerstören die Ameisenhaufen und spüren unter den Felsen und toten Baumstümpfen nach. Nichts vermag ihnen zu entgehen. Selbst die Tiere fallen unter ihren Hieben, und da die Nacht hereinbricht, schließen sie sich zusammen, um wiederum den Kreis gänzlich zu schließen. Die

Zwerge sind gefangen. Die Tiere sind verschwunden, nur Affenherden bleiben übrig, die oben in den ungeheuren Bäumen auf den Wipfeln der Lianen hüpfen, springen, schnellen, von Ast zu Ast, von Liane zu Liane, vorwärts, rückwärts, zur Seite, zur Rechten, zur Linken. Hier und da zeigen sie ihre neugierigen Köpfe, dann flüchten sie flink.

Die Riesen kämpfen. Der geschlossene Kreis verengt sich mehr und mehr; die Krieger berühren sich, die verteilten Gruppen sind geeint. Wo sind die Zwerge? Verschwunden ohne eine Spur zu lassen. Wo sie suchen? Bestürzt ziehen sich die Riesen zurück und kehren in ihre Dörfer. Sie singen nicht mehr den Sang des Sieges, sie tanzen nicht mehr den Tanz des Sieges. Da sie zu den Hügeln kommen, die das Land beherrschen nach allen Seiten, hören sie langgezogene Klagen und weithin erschütterndes Seufzen. Die Zwerge waren vor ihnen im Dorf, sie nahmen alle Kinder mit sich.

Wie sind sie entkommen? Da Angonzing sich gänzlich umzingelt sah, befahl er seinen Männern, alle Affen, die man sah, zu töten und jeder ging in die Haut eines der Tiere, und sie enteilten flink durch die Luft.

Rrrii, Rrrii der zweite Kampf ist beendet. Rrrii, Rrrii.

Der dritte Kampf mit den Zwergen ist begonnen. Mborenzork befiehlt die Riesen. Mborenzork, der, wie sein Bruder Eyan, in der Luft zu fliegen und in den Baumhöhlen sich zu verbergen vermag.

Keiner vermag ihm zu entgehen. Zur Waffe dienen ihm Pfeile, die drei zauberischen Pfeile. Der erste erreicht sein Ziel, in der Höhe der Lüfte, der Wolken, der zweite in der tiefsten Tiefe der Wasser und der dritte im tiefsten Loch der Erde. Wer konnte ihm entgehen? Er verfolgt die Zwerge in die verborgenen Winkel. Vergebens versuchen sie zu widerstehen. Vergebens zischen ihre Pfeile, wui, wui, die Riesen dringen unaufhörlich vor. Bald sind die Zwerge am Flußufer, nahe den großen Wasserfällen. Jeder Rückzug ist abgeschnitten, es bleibt ihnen nur noch zu sterben. Noch immer ist Angonzing der Führer. Er befragt seine mächtigsten Fetische, und diese versprechen Hilfe. Flüchte dich in den Grund der Wasser, sagten sie ihm, flüchte dich in den Grund der Wasser. Angonzing sucht den Sinn dieser Worte, um ihn fallen seine Männer. Wui, wui, wui die Pfeile fliegen, und treffen, wui, wui, wui. Plötzlich hat er verstanden. Da die Nacht schwarz wie das Wasser niedergefallen ist, durchgleiten seine Männer, einer nach dem anderen, einen engen Pfad, einer um den anderen durch die Felsen, bald sind sie im Wasserfalle verschwunden, unter den Wassern, die tosend niederstürzen. Angonzing ist ein geschickter Mann, seine Krieger sind wohl geborgen.

Des Morgens suchen die Riesen überall die Feinde. Sie finden sie nicht. Sie mußten den Fluß durchqueren, sie waren wohl schon fern, aber wo? wie doch, wer wird es sagen? Eyang fliegt hoch, er kreist über den Wolken. Sein Blick durchschweift ungeheure Fernen. Der Wald, das Gebirge, das Tal bergen nicht die Gegner. Wohin soll er sein Netz schleudern? Er steigt nieder, ohne etwas entdeckt zu haben. An seiner Stelle schwingt sich Mborenzork hoch. Bald steigt er nieder; er war nicht glücklicher als sein Bruder. Dann ergreift er die zauberischen Pfeile, die nie das Ziel verfehlen. Der Pfeil der Luft, geschleudert von seiner starken Hand, schnellt, zischt, fliegt, sucht das Ziel und geht zum Herrn zurück. Die Feinde sind nicht in den Lüften. Der Pfeil der Erde, geschleudert von seinen gewaltigen Händen, schnellt, zischt, fliegt, durchbohrt die Erde, sucht das Ziel und kehrt zum Herrn zurück. Die Feinde sind nicht in der Erde. Der Pfeil des Wassers, geschleudert von seiner mächtigen Hand, schnellt, zischt, fliegt, schneidet das Wasser, sucht das Ziel. Er dringt quer durch den Wasserfall und dringt einem Gefährten von Angonzing ins Herz. Aber schnell befiehlt dieser, das Haupt abzuschlagen, den Leib mit Wasser zu füllen, in die Fluten zu schleudern, und da der Leichnam ans Licht kommt, vom Pfeil durchbohrt, ruft Mborenzork: "Sie sind alle tot, hier sind sie auf dem Grund des Flusses, sie zogen es vor, sich zu töten, denn unter unseren Hieben zu fallen."

Die Riesen kehren ins Dorf zurück. Die ganze Nacht schlachten sie Tiere und bereiten gegorene Getränke, den Sieg zu feiern. Die Tänze haben begonnen, das Tamtam schallt. Sieh da, ein neuer Klang fliegt. In die dichte Menge, wui, wui wui, zischen und bohren die Pfeile der Zwerge.

Rrrii, der dritte Kampf ist beendet. Rrrii, Rrrii.

Akulenzame, der Mann mit dem Sack

Eines Tages ging eine junge Frau durch den Wald, die Früchte des Oba zu pflücken, Öl zu bereiten. Auf ihrem Weg, da sie ins Dorf mit einem Korb voll Früchte zurückging, traf sie Otutuma, den Geist der Wälder. Da sie in die Hütte zurückgekehrt war, brachte sie ihren erstgeborenen Sohn zur Welt. Der Vater, nachdem er ihn auf das Blatt einer Banane gesetzt hatte, anerkannte ihn als sein Kind und nannte ihn Akulenzame, das ist der Verrückte. Dieses ist die Geburt Akulenzamens.

Akulenzame wuchs auf wie die anderen Kinder des Dorfes, ohne daß Besonderes an ihm zu beachten war; wurde Jüngling und wollte heiraten. Da er klein und häßlich war, konnten ihn die jungen Mädchen nicht leiden, und keine wollte sich mit ihm einlassen, als er in den Dörfern umherwanderte und jene mit verschiedenen Geschenken bedachte, die eine oder die andere.

Im Dorfe verzweifelte die Mutter; denn sie war alt, ihre Arme ermüdeten rasch, es wurde ihr schwer und schwerer, den Forderungen Akulenzamens zu genügen und seinen Hunger zu stillen. Denn ich muß euch sagen, dieser Akulenzame aß ungeheuerlich. Trotz seiner kleinen Gestalt war, was zehn Menschen wie du und ich in zehn Tagen essen, für ihn kaum einen Tag genug. Wohin tat er denn diese Menge Speisen? Ihr glaubt, in seinen Mund. O nein, er steckte sie in seinen Sack, den er immer mit sich herumtrug. Seine Mutter machte ein Bündel, kyo, kyo, war es schon im Sack, ein anderes, kyo, kyo, war es schon im Sack, und so immer. Sobald ein Bündel bereitet war, öffnete sich der Sack, und wenn das Zeug darin steckte, forderte Akulenzame so eindringlich, machte solchen Lärm und drohte so schlimm, daß seine Mutter eilte, auf die Felder zu laufen und wieder zurückzukommen, von der Last ganz gebückt, um wieder neue Bündel zu bereiten. Die arme Frau ging richtig ein. Sie wurde mager und magerer, und ihre Brüste hingen wie leere Schläuche; es war wirklich eine schreckliche Sache, Akulenzame zum Sohn zu haben, einen solchen Vielfraß.

Eines Tages begegnete Akulenzame auf seinen Gängen einem rotgeschminkten Mädchen, mit Ketten und Perlen geziert. Er traf sie am Fluß, wo sie mit Sand ihre Kupferketten putzte. Sofort beschloß er, sie zu heiraten. Das war die Tochter eines großen Häuptlings.

Dieser Akulenzame hatte zwei eigentümliche Gewohnheiten. Zunächst den Sack, der ihm über die Schultern hing, ließ er um nichts in der Welt; nicht bei Tag, nicht bei Nacht. Niemals hängte er ihn an einen Haken, niemals erlaubte er einem Menschen, wer es auch sei, ihn zu öffnen oder auch nur ein Auge hineinzutun. "Eki", sagte er, "das ist verboten, das ist heilig." Noch eine andere Gewohnheit hatte er. Wenn in dem Dorf oder in dem Nachbardorf jemand starb, ein junger Mensch, der als Krieger oder Jäger berühmt war, eine junge Frau, die wegen ihres Fleißes oder ihrer Körperschaft bekannt war, versäumte Akulenzame niemals, sich in die Hütte zu begeben, der Trauerfeier beizuwohnen und den Totentanz zu begehen. Warum er dies tat, wußte niemand, und er hütete sich, es zu sagen. Grund war: er hatte von seinem Vater, dem Waldgeist, gelernt, sich der Seelen der Toten zu bemächtigen. Wenn eine Seele den Körper verließ, lief Akulenzame herbei, und während die Seele unsichtbar den Körper umlief, den sie soeben verlassen, und noch ungeschickt war, sich der wiedergewonnenen Freiheit zu bedienen, fing Akulenzame sie ein und setzte sie rasch und tief in den Sack; denn sie vermochte nicht zu entkommen, da sie durch die Kraft des Fetischs gebunden war. Hierzu bedurfte Akulenzame so vieler Bündel, er mußte die Seelen gut nähren.

Also traf Akulenzame eines Tages auf seinem Wege ein junges, rotgeschminktes Mädchen, ganz mit Halsketten und Perlen geziert. Er traf sie am Fluß, wo sie ihre Kupferketten mit Sand rieb. Gleich war er entschlossen, sie zu heiraten. Akulenzame ging drum zu ihrem Vater und sagte ihm: "Ich will deine Tochter heiraten." Der Vater rief die Tochter und sagte: "Hier ist Akulenzame, der dich als Gattin wegführen will." Sofort erwiderte die Tochter: "Niemals werde ich einen solch häßlichen Menschen lieben können." Der Vater sagte zu Akulenzame: "Du hast die Antwort meiner Tochter gehört." Akulenzame erwiderte: "Das Herz der Frauen ist ein Bananenbaum. Was meint der Vater?"

"Wenn du reich, mächtig bist und du mir viele Geschenke machst, so will ich dich als Schwiegersohn anerkennen. Alles hängt vom Preise ab, den du für meine Tochter zahlst." Akulenzame sagte: "Befiehl, was du willst, ich werde es zahlen; denn ich liebe deine Tochter."

Der Häuptling sagte in sich selbst: "Das ist ein Junge, das scheint ein Schlauer."

"Um zu beginnen", sagte er seinem zukünftigen Schwiegersohn, "will ich deine Kraft erproben. Seit langem will ich den Ort meines Dorfes wechseln und mich anderswo niederlassen. Morgen will ich mit dir gehen, um dir den Platz zu zeigen, wohin ich es bringen will." "Gut", sagte Akulenzame, "du wirst es mir zeigen." Diesen Abend steckte er kein Bündel in den Sack. Die Seelen fasteten.

Den anderen Tag gingen der Häuptling und Akulenzame zusammen. Sie kamen an eine Waldstelle, wo der Boden eben war, doch von hohen Bäumen bestanden. Der Häuptling sagte: "Hier ist's, du wirst mir helfen, die Bäume zu fällen."

"Das will ich ganz allein tun."

"Oh, oh, das ist wunderbare Sache, ein Jahr genügte dir nicht."

"Ich habe Zeit, außerdem werde ich rasch fertig sein. Kehren wir ins Dorf zurück." Man kehrte ins Dorf zurück. Sobald Akulenzame in seine Hütte zurückgekommen ist, läßt er die toten Seelen aus dem Sack und zeigt ihnen den Ort des künftigen Dorfes mit dem Befehl, sofort die Bäume zu fällen und in Brand zu stecken. "Ihr werdet so lange fasten, bis die ganze Sache zu Ende ist." Sofort ziehen die Seelen ab, beginnen das Werk, fällen, schneiden zurecht, schlagen ab und legen Feuer. Die Männer des Dorfes hatten noch nicht die Nachtwache beendet, da brannten die abgeschlagenen Bäume, und die verwelkten Blätter, vom Winde weggeweht, kamen ins Dorf. Da die Leute einen großen Schein über dem Walde aufleuchten sahen, sagten sie unter sich: "Wer will seine Pflanzungen bereiten und Bäume so nahe bei uns fällen. Morgen bei Tagesanbruch wollen wir gegen diese Fremden kämpfen. Wir lassen unser Land nicht überfallen." Andern Tags im Schein der Morgenröte erklang das Kriegstamtam, von der flinken Hand des Häuptlings getrommelt. Alle Männer eilten herbei. Noch brannte der Wald. Wohlbewaffnet schleichen sie leise, auf heimlichen Pfaden zur Brandstätte. Sie kommen und schauen nach allen Seiten. Inmitten des Busches zerarbeitet sich ein kleiner Mann, der schlägt mit zahllosen Schlägen auf den letzten Baum. Mehr als hundert lagen auf dem Boden, und da der Baum gefallen ist, putzt sich Akulenzame, er war es, die Stirn und spricht: "Das wäre nun getan." Er wirft die Axt auf die Schulter, wie um ins Dorf zurückzukehren.

Im gleichen Augenblick umgeben ihn die Männer, der Häuptling spricht ihn an: "Wie kannst du denn all diese Bäume niederschlagen?"

"Zählst du mich denn für nichts?"

"Wie, du bist es, Akulenzame, der den Wald gefällt hat?"

"Ja, ich, Akulenzame, hast du mir denn nicht gestern gesagt, ich will hier ein neues Dorf errichten? Sieh, es ist getan. Gehen wir zusammen zurück."

Der Häuptling geht in seine Hütte und sagt seiner Tochter: "Akulenzame ist ein ganzer Kerl." Diese sagt: "Ach, wenn er doch ein wenig hübscher wäre."

Das war die Arbeitsprobe Akulenzamens. Keiner hatte die Seelen bei der Arbeit gesehen; zunächst, weil Akulenzame sich wohl hütete, davon zu sprechen, das hätte sofortigen Tod bedeutet; und dann, weil er allein am frühesten Morgen in den Wald gegangen war. Sobald die Arbeit beendet war, hatte er seinen Geistern befohlen, unverzüglich in den Sack zurückzukriechen. ?

Den gleichen Abend sagt Akulenzame zum Häuptling: "Gib mir deine Tochter, daß ich sie mit mir ins Dorf nehme." Der Häuptling erwidert: "Ich sah, daß du es verstehst, Pflanzungen anzulegen, einen Wald zu fällen und neue Dörfer zu errichten. Deine Arme sind stark, aber nichts versichert mich ihrer Geschicklichkeit. Meine Tochter liebt Fische sehr. Kannst du ihre Lust befriedigen?" Akulenzame erwiderte: "Das kann ich." Er kehrte in seine Hütte zurück und befahl all seinen Geistern, Bambus zu schneiden, und im Fluß eine ungeheure Sperre zu errichten, damit kein Fisch durchschlüpfe. Dann sollten sie ganz weit zurückgehen, alle Fische in einen engen Raum einschließen und eine zweite Sperre bauen.

"Geht", sagte er ihnen, "tut das eiligst; denn bis zur Rückkehr, keine Bündel zu fressen, schwere Hungersnot." Die Geister eilten, das Werk zu tun, das ihnen aufgetragen war.

Den anderen Tag waren die Frauen zum Fluß gegangen, Wasser zu schöpfen. Akulenzame richtete das letzte Gitter. "Da", sagte er, reibt sich die Stirn, "es ist fertig, man kann jetzt den Fisch nehmen." Wer stand nun verwundert? Das waren die Frauen; denn niemals hatten sie in dieser Gegend einen Staudamm gesehen. Sie eilten zum Dorf. "Kommt rasch", schreien sie den Männern zu, "kommt rasch, Akulenzame hat den Fluß gestaut." Akulenzame stand am Landungsplatz. Sobald er sie kommen sieht: "Es ist getan", sagt er, "man kann den Fisch nehmen." "Aber was ist denn los?" "Du siehst, der Fluß ist durch die Reuse gesperrt." Der Häuptling prüft die Arbeit mit großem Staunen. Dies war wohl zu verständlich; denn der Fluß war breiter als ein Dorf. "Aber das ist nicht alles", fügte Akulenzame hinzu. "Kommt mit mir." Der Häuptling gehorcht. Alle Frauen, alle Männer, alle Kinder folgen. Man geht stromaufwärts, ein wenig weiter oben, ein zweiter Staudamm. Die Augen des Häuptlings quollen vor Verwunderung hervor, auch die der anderen. Zwischen den zwei Staudämmen glänzte es von Fischen. Man sah Karpfen springen, Sardinen, Barben, große, kleine und mittlere Fische. Man warf eine Harpune, zehn Fische waren aufgespießt. Die Dorfleute stürzten darauf los. Mehr als 15 Tage fing man Fische, trocknete Fische, konservierte Fische für die Regenzeit, um zu verkaufen und zu verschenken. Man aß Fisch soviel, daß, wenn man zur Erde sah und den Kopf bückte, keiner im Dorf mehr seine Füße sehen konnte, so dick war der Bauch geworden. Doch wie Akulenzame essen konnte, so gab es niemanden. Unaufhörlich kochte, buk und briet es in seiner Hütte. Die Bündel brannten auf dem Feuer; sobald sie gar waren, kyo, kyo, kyo, verschwanden sie im Sack. Für einen starken Esser war Akulenzame ein gewaltiger Fresser.

Eines Tages besuchte er den Häuptling. "Ich will deine Tochter heiraten, das Mädchen mit den Kupferketten. Du weißt jetzt, ich kann ihr Verlangen befriedigen, Fisch zu essen."

"Ich weiß, mit dir wird meine Tochter sicher sein. Ich will sie dir gerne geben. Aber wenn sie ein Kind bekommt, wird sie nicht mehr Fisch essen wollen, sondern Fleisch. Bist du auch ein so geschickter Jäger, wie du ein guter Fischer bist?" Akulenzame antwortete: "Ich werde es sein."

Indes suchte der Häuptling seine Tochter auf: "Dieser Akulenzame wird dir ein ausgezeichneter Gatte sein." "Man könnte auf einen schlechteren verfallen", antwortete sie. "Ja", erwiderte der Vater, "man muß nicht die Haut des Maniok betrachten."

Am gleichen Abend öffnet Akulenzame, sobald er in seine Hütte getreten ist, den Sack, befiehlt seinen Geistern herauszufahren und sagt ihnen dies: " Seit fünfzehn Tagen lebt ihr im Überfluß. Ihr eßt unaufhörlich Bündel. Heute ist es zu Ende. Ihr werdet in den Wald gehen, einen Ngol (Sperre) zu bauen, zehn Elefanten darein zu sperren. Kui, kui." Die Seelen ließen sich das nicht wiederholen. Sofort gingen sie durch die Tür, kui, kui, durch das Fenster. Da waren sie am Werk.

Zwei Tage später waren die Jäger des Dorfes gegangen, Elefanten zu jagen. Fern im Walde hören sie einen Mann singen. Sie nähern sich. Dieser Mann war Akulenzame, er knüpfte Lianen und rollt sie fest um die Bäume. "Hier", sagt er und reibt sich die Stirn, da er die Männer sieht, "hier, das wäre fertig." Aber womit bist du denn fertig, Akulenzame?" Doch dieser legt den Finger auf den Mund, fordert sie auf, still zu bleiben, und auf vielen Umwegen führt er sie durch den Wald bis zur runden Palisade. Im Gitter standen zehn wundervolle Elefanten. Jeder ihrer Zähne war höher als ich. Die Jäger erholten sich nicht vom Erstaunen. Sie stürzten zum Dorfe: "Rasch, rasch, kommt herbei", rufen sie den Kriegern zu, "Akulenzame hat einen Ngol gebaut und zehn Elefanten sind darin." Die Krieger, der Häuptling voran, laufen herbei, das Wunder zu sehen. Sie steigen in die Bäume, durchsieben die Elefanten mit Pfeilen. Da liegen die zehn Tiere tot. Man stürzt auf sie, die Äxte hauen, die Messer schneiden und zerhacken das Fleisch. Die Frauen laufen mit großen Körben herbei. Die Fleischstücke häufen sich auf ihre Rücken. Die Nachbardörfer sind benachrichtigt, von allen Seiten eilt man herbei, überall hat man Schlachtfest, man ißt, man ißt, man ißt immer noch. Ach, die glücklichen Leute; aber keiner fraß wie Akulenzame, unaufhörlich kochte, briet, buk Fleisch in seiner Hütte. Die Bündel brannten auf dem Feuer; wenn das Fleisch gar war, kyo, kyo, kyo verschwand alles wie Zauber. Die Hausfrauen brachten ihm zum Geschenk ungeheure Klötze Fleisch. Welch wüster Fresser war der Sack Akulenzamens.

Eines Tages besuchte er von neuem den Häuptling. "Ich will deine Tochter heiraten, das rote Mädchen mit den Kupferketten. Zum Tausch sollst du die zehn Paar Elefantenzähne bekommen." Der Vater antwortete: "Morgen werden wir die Hochzeit begehen." "Gut so", sagt Akulenzame, und der Vater sucht die Tochter auf. "Morgen werden wir die Hochzeit begehen." "Gut so", sagt das Mädchen, "mein Herz ist zufrieden. Aber ein Ding will ich von meinem Gatten erbitten." "Welches", sagte der Vater?

"Zwischen dir und dem benachbarten Häuptling steht, du weißt, Tod von Männern. Damit der Kampf beendet werde, sollte er mich heiraten. Wenn er von meiner Heirat mit Akulenzame hört, wird er zürnen, und ich werde ihn fürchten müssen." "Das ist wahr, man findet mitunter List selbst in der Antilope", und damit ging der Vater, die Sache Akulenzame zu erzählen. "Ich werde das schon einrenken", antwortet er.

Selbigen Abend öffnet er seinen Sack und ruft die Seelen. "Seit lange habe ich euch besser genährt denn je. Doch dies ist nun zu Ende, bis ihr mir aufs neue gedient habt." "Womit muß man dir dienen?" "Ihr geht ins Nachbardorf und führt den Häuptling hierher. Wohlgebunden an Händen und Füßen." "Das ist leicht", antworteten sie. Schon sind sie weg, kui, kui, durch die Tür, kui, kui, durch das Fenster. Vor Tag war der Häuptling Gefangener, in der Hütte Akulenzamens wohl gefesselt an den Füßen, wohl gefesselt an den Händen, und schleppt einen großen Klotz Holz hinter sich her; war über dies Ding sehr erstaunt und halbtot vor Angst. –

Am Morgen ruft Akulenzame den Häuptling in die Hütte. "Du hast deinen Freund gefordert, hier." Der Häuptling erholt sich nicht vor Staunen. Er ruft seine Männer. "Seht", sagt er ihnen, "Akulenzame ist allein gegangen, den Feind zu fangen, und hat ihn hergeführt. Er ist ein großer Krieger", und alle schrien yo, yo.

Indes nahm man den feindlichen Häuptling. Die Frauen zerrten ihm das Haupt, streuten ihm zerstoßenen Pfeffer auf den Kopf, in die Augen, in die Nase, und er wurde in die Mitte des Dorfes geführt, um dem Fest beizuwohnen. Als es beendet war, schnitt man ihm den Hals ab.

Der Abend kam, Akulenzame kehrte mit der Frau in seine Hütte zurück, und am andern Tag kam der Häuptling, sein Hochzeitsgeschenk zu fordern. Ein kümmerlicher Schwiegervater, dachte Akulenzame bei sich. Der alte Häuptling sagte: "Akulenzame, du bist jetzt mein Sohn, nur noch ein Ding erbitte ich von dir. Ich sehe, du bist mächtig. Bring mich in Sicherheit vor dem Tode." "Gut", erwiderte Akulenzame, "wenn du deinen Wunsch vor allen Leuten wiederholst." Der Häuptling tut es. Die Nacht kam, Akulenzame öffnete den Sack, nahm wohl acht, daß keiner es sah, und befahl den Geistern hervorzukommen. "Ihr habt mir gut gedient", sagte er ihnen. "Ich bin mit euch zufrieden. Zum Lohne sollt ihr eure Freiheit haben. Nur eine Sache bleibt noch zu tun." "Und welche?" fragten die Geister hocherfreut. "Ihr sollt meinen Schwiegervater mit euch nehmen." "Das ist leicht", antworteten alle.

Akulenzame ging heraus in die Geschirrkammer, wo der Schwiegervater sich erwärmte. "Mein Versprechen soll erfüllt werden. Du wirst vor dem Tod in Sicherheit gebracht", sagte Akulenzame. "Ich bin begierig, dies zu sehen." Im gleichen Augenblick traten die Geister ein. Alles wollte sich retten. Schon waren sie verschwunden und schleppten den alten Häuptling mit sich. Seitdem hat man ihn nie wieder gesehen. Dann sagt Akulenzame: "Nun ist er für immer in Sicherheit vor der Todesfurcht; denn man stirbt nur einmal. Das war ein großer Krieger." Alle sagten "ja". Akulenzame richtete eine wunderbare Totenfeier an, während eines ganzen Monats erscholl das Tamtam, und man tanzte den Tanz der Toten. Danach folgte Akulenzame dem Schwiegervater als Häuptling.

Bingo

Es geschah, Nzame stieg zur Erde nieder. Er ergötzte sich auf dem Fluß und fuhr sich in einem Boot, das von ganz allein schwamm, von ganz allein. Nzame ruderte nicht. Er legte bei dem großen Dorf an, wohin er unerkannt gehen wollte, die Menschen zu befragen. Es kam ein Mädchen zum Fluß, Wasser schöpfen. Nzame sah und liebte sie; denn sie arbeitete gut und war eben so fleißig am Werk, wie sie schön war. Er schenkte ihr einen Sohn und führte sie mit sich, weit in das Land, von wo man nicht zurückkehrt. Mboya, so hieß das Mädchen, kehrte niemals wieder. –

Da die Zeit gekommen, bekam Mboya einen Sohn und nannte ihn Bingo; warum, ich weiß es nicht, keiner hat es mir gesagt, das mag ein Name von dort sein. Bingo wuchs jeden Tag, und Mboya liebte ihn mehr als jedes andere Ding in der Welt. In seine Haare steckte sie den Elali, die den Vögeln liebste Blume, in seine kleine Nase steckte sie eine Franje von Perlen. Hals und Arme waren ihm mit Kupferbändern geschmückt, die jeden Morgen sorgsam geputzt wurden. Bingo wuchs unaufhörlich, und Mboya liebte ihn mehr als irgendein Ding auf der Welt.

Nzame geriet in großen Zorn, und eines Tages ärgerte er sich, weil Bingo, das Kind, ihm aus seiner Reuse einen Fisch gestohlen hatte. Er stieß Mboya in ihre Hütte, schlug Bingo und stürzte ihn von der Höhe hinab. Bingo fiel lange, schon war er fast tot, da öffneten unter ihm sich die Fluten eines großen Wassers, das von den Bergen umgeben war; das war zu seinem Glück. Noch besser, er befand sich nahe am Ufer. Ein Fischer saß in seiner Barke mit seinen Netzen, Fische zu fangen. Er fing Bingo und führte ihn in seine Hütte. Der Name des Greises war Otoyom.

Kaum hatte Nzame Bingo hinabgeschleudert, eilte Mboya zu seiner Hilfe herbei. Mitunter habt ihr nachts im Walde irres Licht gesehen. Wer geht und bewegt sich da? Habt ihr die Stimme der Frau gehört, die weit geht, unter den Ästen zu rufen und zu klagen? Fürchtet nichts; Mboya sucht ihr Kind. Mboya hat ihn nie gefunden. Eine Mutter ermüdet nicht.

Bingo ist gefallen, Mboya ist weggezogen. Nzame stürzt nach. Er wollte um jeden Preis Bingo wiederfinden. Er sucht auf den Bergen, er sucht auf dem Meere: "Meer, Meer, hältst du Bingo?" auf der Erde: "Erde, Erde, hältst du Bingo?" Die Erde und das Meer antworteten: "nein, nein."

Unmöglich ihn zu finden. Otoyom, der große Zauberer, der die hohe Abkunft Bingos kannte, wollte ihn nicht ausliefern, er barg ihn sorgsam.

Bingo und die Spinne

Bingo hat sich in die Tiefe einer Höhle geflüchtet. Die Höhle ist tief und schwarz. Bingo denkt in seinem Herz, hier bin ich in Sicherheit, und er bleibt lange darin.

Indes verfolgt ihn Nzame unermüdlich, und jeden Tag sagte er: "Ich werde Bingo wiederfinden und sein Herz essen." Aber Bingo war in der tiefen Höhle inmitten des Waldes. Nzame kommt in den Wald und er begegnet dem Chamäleon. "Chamäleon, hast du Bingo nicht gesehen?" Dies verriet nichts und sagte: "Wohl sah ich einen Mann vorübergehen, aber wer hat mir seinen Namen gesagt?"

"Und wohin ging er und wo ist sein Dorf?"

"Er ging bald hier, bald da, sein Dorf ist auf der anderen Seite des Waldes."

"Ist es weit dorthin?"

"Die Tage sind lang, jeder Tag ist eine lange Zeit. Ja es ist weit."

Nzame ging enttäuscht weg. Nzame geht weg, und während er überall die Spuren Bingos sucht, läuft das Chamäleon zur Höhle. "Bingo, gib acht, dein Vater sucht dich." Es geht ein wenig weiter, auf die Spitze eines Felsens.

Bingo wischt sorgfältig auf dem Boden die Spuren seiner Schritte aus, dann geht er auf einen offenen, oft beschrittenen Pfad über harten Boden weg, und von da aus kehrt er in seine Höhle zurück.

Sorgsam geht er rückwärts, mit dem Rücken nach vorn, er kommt an und verbirgt sich in der Tiefe. Alsbald macht Ndanabo, die Spinne, ihr Netz, ein dichtes, starkes Netz, und das Chamäleon wirft eilig in die Maschen Mücken und Insekten.

Nzame sucht unermüdlich. Er begegnet der Schlange: "Viere, hast du Bingo gesehen?" Viere antwortet: "Ja, ja, er ist in der Höhle des Waldes, ja, ja." Nzame beeilt sich, er kommt zur Grotte. "Was ist das", spricht er, "Fußspuren, die sich entfernen?" Er sieht das Spinnennetz, die Mücken, die darinnen gefangen sind. "Ein Mensch kann nicht darinnen sein", sagt er, und das Chamäleon von der Spitze des Felsens sagt:

"Ah, du bist hierher gekommen, guten Tag."

"Guten Tag, Chamäleon, hast du Bingo in dieser Höhle gesehen?"

"Ja, aber das ist schon lange, lange her, er ist weggegangen, ich glaube, man sieht noch auf der Erde die Spuren seiner Schritte."

"Wirklich, sie sind da, ich will ihnen folgen. Chamäleon, du hast gut getan!" Nzame setzt die Verfolgung fort.

Er ist schon weit, weit, sehr weit, da kommt Bingo aus der Höhle hervor. "Chamäleon, du hast wohlgetan, hier deinen Lohn. Du sollst nach Belieben die Farben wechseln können, so kannst du deinen Feinden entgehen." Das Chamäleon spricht: "Gut so." Bingo sagt zur Spinne: "Du hast wohlgetan, was kann ich für dich tun?"

"Nichts", antwortete die Spinne, "mein Herz ist zufrieden." "Gut", spricht Bingo, "deine Gegenwart soll Glück geben."

Er ging. Auf seinem Weg fand er Viere, die Schlange, und mit dem Tritt seiner Fersen zermalmte er ihr den Kopf.

Endlich ermüdete Nzame in vergeblichem Verfolgen, stieg wieder zur Höhe und ließ Bingo. Dieser hatte die Weisheit seines Pflegevaters Otoyom geerbt. Da dieser gestorben war, wusch er dessen Leib, salbte ihn sorgfältig; den Schädel bewahrte er auf, ihn zu ehren und in seinem Hause zu hüten. Er bestrich ihn mit roter Farbe und ölte ihn an feierlichen Festtagen; so blieb der Geist Otoyoms mit Bingo.

Bingo hat uns gelehrt, die Schädel der Ahnen zu bewahren, sie zu ehren und ihren Geist bei uns zu halten. Schande auf die, welche nicht die Häupter der Alten ehren. Da Bingo groß geworden war, durchlief er die Welt, alle Menschen, alleStämme. Er war gut und lehrte den Menschen, gut zu sein und wohlzutun. Er bewirkte alle Arten von Wunder mit einem grünen Stein, den er an seinem Halse trug. In diesen Stein hatte Gott seinen Namen gezeichnet und hatte ihn der Mutter Mboya gegeben den ersten Tag, den er sie sah. Mboya wiederum hatte den grünen Stein Bingo gegeben; wenn Bingo wollte, verließ er seinen Körper; die Pfeile erreichten ihn nicht, die Äxte verwundeten ihn nicht, die vergifteten Stacheln verletzten nicht den Fuß.

Legenden der Ababua

I

Ein Mann war, es ist lange her, Mba genannt, er webte die Erde und alle Dinge. Danach war der Himmel unten und die Erde in der Höhe. Aber Mba, der nichts zu essen fand, sprach: "Jetzt muß der Himmel zur Höhe gehen und die Erde in die Tiefe."

Eine Frau hielt alles Wasser in ihrem Topf. Sie kochte viele Speisen und rief die Menschen, davon zu essen. Alle starben. Da kam Mba und sagte: "Ha, warum hat diese Frau das Wasser verborgen?" Er tötete sie mit der Lanze, und das Wasser begann so stark zu fließen, daß Mba fortgerissen wurde, bis er an einem großen Baum sich verfesten konnte. Jetzt, wenn die Menschen essen, sagen sie: "Trinken ist gut" und wenn wir trinken, so geschieht es dank Mba, der die Frau getötet hat, die das Wasser verbarg. –

II

Mba aß Honig, begegnete Frauen am Flußufer und sprach: "Was macht ihr da?"

Die Frauen sagten: "Wir essen Kies." Mba sagte: "Euer Bruder ißt das nicht, hier ist Honig."

Da die Frauen den Honig gegessen hatten, begann Mba zu schreien: "Mein Honig, mein Honig, wo ist mein Honig? Ich habe ihn zu Powka gekauft für eine Axt."

Die Frauen gaben ihm Fische.

Mba begegnete dem Büffel und sagte: "Was machst du?" Der Büffel sprach: "Ich esse Limonen." Mba sprach: "Deine Brüder essen diese Dinge nicht. Hier ist Fisch."

Der Büffel gab ihm zum Dank seinen Schwanz.

Mba traf den Schmied, der ein Beil machte. Mba verscheuchte mit dem Büffelschwanz die Fliegen, die den Schmied umschwirrten, und sagte: "Warum bleibt ein Mensch, der so schöne Dinge zu machen versteht, nackt?"

Mba gab ihm einen alten Schurz aus Bastgeflecht. Da der Schmied sich von neuem zu seinem Feuer setzte, ergriff dies den Schurz, der völlig verbrannt wurde.

Mba begann zu schreien: "Mein Schurz, mein Schurz, warum hast du meinen schönen Schurz verbrannt?" Der Schmied gab ihm das Beil, und Mba trug das Beil nach Pokwa.

III

Ein andermal ging Mba in das Dorf des Elefanten. Der Elefant sagte: "Sieh, du bist da."

Der Elefant sagt seiner Frau: "Schneide Holz, mach Feuer." Der Elefant sagte zu seiner Frau: "Such eine Liane und schnüre mir das Bein." Er legte seinen Fuß ins Feuer, und Fett kam hervor, das er Mba gab.

Mba sagt: "Ich will hier nicht schlafen", und kehrt in das Dorf zurück.

Mba sagt zu seiner Frau: "Schneide Holz, mach Feuer."

Mba sagt seiner Frau: "Such eine Liane und schnüre mir das Bein", und er legte seinen Fuß in das Feuer und verbrannte ihn, daß nur der Knochen blieb. Mambotete, seine Frau, schrie schrecklich.

Der Sohn des Elefanten kam, heilte ihn und sprach: "Wenn du Fett willst, mußt du in das Dorf des Elefanten kommen."

IV

Eines anderen Tags ging Mba in das Dorf des Schuppentiers. Das Schuppentier sprach: "Der Regen fällt, der die Ameisen hervortreibt, gehen wir in den Wald." Mba sagt: "Machen wir einen Korb, die Ameisen zu tragen."

Das Schuppentier sagt: "Ich selber werde sie tragen."

Sie gingen in den Wald. Alle Ameisen, die hervorkrochen, hefteten sich auf die Haut des Schuppentiers, also trug es sie ins Dorf.

Mba sagt: "Ich will heute nicht hier schlafen. Ich will sehen, ob meine Ameisen nicht hervorkommen."

Mba sagt zu Mambotete: "Unsere Ameisen kriechen hervor."

Mambotete kam mit Körben, aber Mba zerschnitt die Körbe mit dem Messer und sagte: "Ich selbst werde die Ameisen tragen." Er ging in den Wald, aber die Ameisen kamen nicht auf ihn. Also aß er sie alle und ging in das Dorf zurück.

Mambotete sagt: "Wo sind die Ameisen'"

Mba, der geschickten Mundes war, zeigte auf seinen Bauch, der anschwoll, so viel hatte er gegessen. "Du siehst, ich habe sie mit mir gebracht." Aber er hatte so viel gegessen, daß er im ganzen Dorf mistete und Mambotete wütend sagte: "Was ist das? Was ist das? Mba, laß diese ekelhaften Sitten."

Der Sohn des Schuppentiers sagte: "Wenn du Ameisen willst, so bitte das Schuppentier, sie zu tragen."

V

Ein andermal ging Mba in das Dorf seines Freundes Sumbani. Als er zu den Pflanzungen desselben kam, sah er, daß dieser Feuer an die niedergeschlagenen Baumstämme gelegt hatte.

Sumbani sagt: "Daß alles Feuer zu mir komme." Alle Flammen kamen zu ihm. Da sah er Mba und sagt: "Sieh, du bist da, komm ins Dorf."

Mba sagt: "Ich werde heute hier nicht schlafen, ich muß meine Pflanzungen ausbrennen." Schnell kehrte er in sein Dorf zurück, Mambotete sagt: "Iß die gekochten Bananen." Mba wollte nicht, und ging sofort in die Pflanzungen, er zündete die Baumstämme an und sagt: "Alles Feuer komme zu mir."

Die Flammen kamen zu ihm, und Mba wurde so sehr verbrannt, daß er tot hinfiel.

Der Sohn Sumbanis war in das Dorf gekommen, und sagt zu Mambotete: "Wo ist Mba?" – "Er brennt seine Pflanzungen aus."

Der Sohn Sumbanis fand Mba verkohlt wie einen Scheit. Er heilte ihn und sagte: "Wenn du den Zauber des Feuers nicht kanntest, was wolltest du Pflanzungen wie Sumbani ausbrennen?"

Mba, der sich ganz wohl fühlte, antwortete: "Ich habe Feuer gemacht, weil ich kalt hatte", und er ging.

VI

Ein andermal ging Mba in den Wald und kam in ein Dorf der Malimbini (Dryaden). Er glaubte, das seien Bäume, und wollte mit dem Messer einen Zweig abschneiden.

Aber die Malimbini sagten: "Wie, du willst unseren Bruder töten?" Mit ihren Zweigen peitschten sie ihn.

Eilig floh Mba. Da er zum Dorf kam, hielt er an, tat, als sei nichts, und rief: "Mambotete hoy." Mambotete sagte: "Was?" "Eben treffe ich im Wald Bäume, daraus könnte man gute Stampfer für die Küche machen. Geh hin und sieh."

Er zeigte ihr die Malimbini. Diese, schon wütend wegen Mba, griffen Mambotete und schlugen sie stark. Mambotete schrie: "Wu, wu. Komm doch." Aber Mba nahm voller Schläue einen Stock, schlug auf einen alten Baumstumpf, der bei der Hütte stand und schrie: "Ich kämpfe mit den Leuten der Malimbini. Höre, Mambotete, ich erschlage einen."

VII

Ein andermal ging Mba in das Dorf der Kangalimbosso, und der Alte des Dorfes sprach: "Hier ist das Haus, worin du schlafen kannst." Das Haus war so klein, daß es Mbas Körper einzwängte. Mba sprach: "Ich will heute hier nicht schlafen. Ich habe ein Haus, das muß fertig gemacht werden."

Mba kehrte ins Dorf zurück und machte ein winziges Haus, das ihn am ganzen Körper einzwängte. Mba wollte Feuer anmachen, das Haus brannte, das ganze Dorf brannte. Die Kangalimbosso kamen, ihm ein neues Haus zu bauen.

VIII

Einen anderen Tag sagte Mba seiner Mutter: "Steige in diesen Baum, verbirg dich, wenn Krieg ist."

Mba ging in das Dorf des Ekopi, des Leoparden. Mba sagte zum Leoparden: "Ich möchte deine Mutter essen, sie ist müde bei dir zu arbeiten." Der Leopard sagte: "Du kannst meine Mutter essen, wenn ich die deine essen darf."

Ekopi tötete seine Mutter und Mba aß. Mba sagte zum Leoparden: "Komme morgen zum Bach, wenn du Blut siehst, habe ich meine Mutter getötet."

Mba sagte seiner Mutter: "Verbirg dich wohl" und nahm eine volle Schüssel Ngulafarbe; die schüttet er in die Quelle des Baches. Er tötete eine Antilope, die er im Busch verbarg.

Am Morgen kam der Leopard zum Bach, sah das rote Wasser und sprach: "Mba hat seine Mutter getötet." Er aß das Fleisch und kehrte in das Dorf zurück. Dann sagte er seiner Frau: "Ich glaube, Mba hat mich überlistet."

IX

Ein andermal ging Mba in das Dorf der Bangobo und sah die Bangobo, die, ehe sie die Bäume heraufklettern, ihre Eingeweide auf den Boden legen. Mba sagte den Bangobo: "Nehmt meine Eingeweide."

Er stieg dann auf die Bäume. Aber die Bangobos verbargen die Eingeweide Mbas im Wald und legten stattdessen Kräuter hin, die kitzelten.

Mba kehrte in sein Dorf zurück. Mambotete sagt zu ihm: "Iß diese Bananen." Alles, was Mba aß, kam sofort heraus, und Mambotete schrie: "Mba, welch übles Ding hast du gegessen?"

Mba mußte zu den Bangobos zurückkehren, sie gaben ihm seine Eingeweide zurück, sie bereiteten ihm Medizin, und er gab ihnen ein Kaufgeld.

X

Einen anderen Tag fand Mba auf einem niedergehauenen Baumstumpf viele Pilze. Mambotete sagte: "Das ist ein gutes Gericht." Sie wollte sie kochen. Mba sagt: "Geh weg, du kennst das Ding nicht." Er nahm den ganzen Baum auf seine Schulter und trug ihn weg. Aber der Baum blieb an seiner Haut heften, und wenn er sich schlafen legte, mußte er mit dem Baum schlafen.

Mambotete nahm ein Messer und schnitt den Baum ab.

Da er abgeschnitten war, sagte Mba: "Was ist das, warum schneidest du mich mit dem Messer?"

Mba fragte alle: "Wo ist Twekelogamunu?" Alle sprachen: "Welcher Mann? welches Ding?" Mba lachte, weil er wußte, daß dies der Name seiner Nadel war. –

XI

Aber Cephalophe bereitete der Bosheit Mbas ein Ende.

Mba sagt dem Mboloko: "Such das Kraut Bankasso im Wald. Ich will dir Ameisen geben."

Da Mboloko mit dem Kraut zurückkommt, nimmt Mba eine Ameise, teilt sie, legt dort den Kopf, dort den Bauch, anderswohin die Flügel.

Er sagt zu Mboloko: "Hier sind die Ameisen." Mboloko wurde schlimm und zornig, aber er sagte nichts.

Einen anderen Tag, da sie Pflanzungen schnitten, sagte Mboloko zu Mba: "Ich gehe an den Fluß." Aber er ging in das Dorf und sagte zu Mambotete: "Gib mir alle Ameisen, Mba hat gesagt, ich könne sie essen."

Da Mba zurückkam, verlangte er die Ameisen. Als er die List Mbolokos erfuhr, wurde er wütend. Er sagte den Tieren des Waldes: "Mboloko hat mir Schlimmes getan, wenn ihr ihn seht, haltet ihn fest."

Mboloko war zum Elefanten gegangen, weil der Elefant Mba nicht fürchtete. Er rief alle Tiere des Waldes, um den Zwist zu beseitigen. Alle Tiere des Waldes fürchteten Mba. Mboloko stieg auf den Kopf des Elefanten. Der Elefant sprach: "Du, Apwai, sollst den Streit schlichten." Apwai sagte: "Dein Palaber ist schlecht; denn du hast als erster deinen Bruder betrogen."

Alle Tiere sprachen zu Apwai: "Du bist ein großer Häuptling, weil du Mba nicht fürchtest und geschickt bist, Streitigkeiten zu schlichten." Alle Tiere gaben ihm ein Ding. Der Elefant gab ihm seinen Rüssel, der Büffel seinen Hals, die Ratte ihren Schwanz und der Leopard die Haare seines Rückens.

Boloki

Libanza

Ein Mann und eine Frau waren. Die Frau wurde schwanger. Da sie dem Gebären nahe war, wollte sie nicht mehr essen. Sie verlangte nach Safufrüchten und bat den Gatten, diese zu stehlen. Der Mann ging, brachte die Safus, und die Frau aß. Eines Tages überraschte der Besitzer den Dieb und tötete ihn.

Diese Frau gebar Libanza. Er kam zur Welt mit vielen Reichtümern; Kriegern, Sklaven, Lanzen, Messern ... Noch ganz jung, zog er in den Krieg und kämpfte gegen den Besitzer des Safubaumes, den Mörder seines Vaters. Der Mann spottete Libanzas: "Du, ein Kind, machst mir Krieg." Libanza schlug ihn, tötete viele Leute und fällte den Safubaum.

Libanza war zur Welt gekommen mit einer Schwester, Nsongo genannt. Da er den Safubaum gefällt hatte, fürchtete ihn jedermann. Man sprach: "Wie, ein so junges Kind ist schon so stark?" Alle flohen ihn. So blieben Libanza und seine Schwester allein. Eines Tages gingen sie in den Wald, wo sie eine Palme fanden. Nsongo bat den Bruder, den Wipfel abzuschlagen.

Libanza fand eine Schlange und machte sich daraus einen Reifen, daran emporzusteigen. Doch je mehr er steigt, um so höher wächst die Palme und gipfelt, bis Libanza in ein Dorf kommt. Er setzt sich in eine Bananenpflanzung. Eine Frau kommt, sieht Libanza und will fliehen. Libanza beruhigt und bittet sie, ihren Mann zu holen, der ihn ins Haus führt.

Plötzlich läßt Ekungula-Kungula (der Herr des Donners) den Donner losbrechen: Kwurrru! Libanza ahmte ihn nach. Kwarrraraa. Jedermann floh. Ekungula-Kungula hörte und ärgerte sich: "Ich allein bin Meister hier. Wer wagt, so zu tun." Er sandte also zwei Männer, zu suchen. Libanza tötete den einen und sandte den anderen zurück. Dann trieb er den Blasbalg der Schmiede und begann zu schmieden. Ekungula-Kungula schickte zehn Männer. Libanza sieht sie kommen. Er tötet fünf und sendet die anderen fünf zurück. Ekungula-Kungula läßt von neuem den Donner dröhnen. Libanza wiederholte Kwarrara. Ekungula-Kungula fuhr in Wut, ging. Das war ein Riese, der ganze Menschen verschlang. Libanza sah ihn ankommen und fuhr ruhig fort, ein großes Stück Eisen zu hitzen. Ekungula-Kungula näherte sich ihm, öffnete sein breites Maul, ihn zu verschlingen.

Libanza riß flink den Eisenklotz vom Feuer, warf ihn in die Gurgel des Ekungula-Kungula, der sich auf der Erde wälzte und starb.

Libanza bemächtigte sich des ganzen Königreiches Ekungula-Kungulas. Er hatte einen Sohn und nannte ihn Nkati (Donner). Also auferweckte er Ekungula-Kungula und sprach zu ihm: "Du bist mein Sklave. So du den Donner tönen läßt, Kwarrara, mein Sohn wird wiederholen Kwarrara. Tue ihm nichts Übles an, so du nicht willst, daß dich Schlimmeres treffe."

Seine Schwester Nsongo war immer unten. Sie hatte ihr Dorf mit einer hohen Palisade von Palmen umsäumt und aß vor Trauer nicht mehr. Libanza suchte sie wiederzufinden und nach unten zurückzukehren. Eines Tages sah er einen Sperber und sprach zu ihm: "Setze dich auf den First des Hauses; dort wirst du einen kleinen Pack finden; nimm und gib ihn meiner Schwester Nsongo. Aber ehe du ihn niederlegst, heiße meine Schwester Matten ausbreiten. Ich, ich gehe in den Wald." Statt zu gehen, sammelte er Männer und Besitz, machte einen kleinen Pack daraus, trug ihn auf den First des Daches, und im Innern barg er sich.

Der Sperber sah den Pack und trug ihn fort. Unterwegs ruhte er auf einem Baum und wollte sehen, was darin sei. Libanza begann zu knurren. Da der Sperber ermüdete und den Pack lassen wollte, klammerte sich Libanza an seine Krallen. Der Sperber flog lange. Endlich kam er in Nsongos Dorf. Er rief: "Nsongo, dein Bruder schickt dir diesen Pack. Doch er befahl mir, ihn auf Matten zu legen."

"Geh weg, Lügner, mein Bruder ist längst tot."

"Nein Nsongo, ich lüge nicht, es ist die Botschaft des Bruders." Nsongo staunte, ließ den Hof fegen und breitete Matten über Matten. Der Sperber wollte den Pack niederlegen, da trat daraus Libanza hervor und sprang auf die Matten. Libanza fuhr in einem Boot den Fluß herauf. Eines Tages legte er bei einem Dorf an. Dort traf er einen Mann und eine Frau: Ntondo und Ebesua. Libanza liebte sie und sagte dem Gatten: "Wenn ich wiederkehre, erwarte mich; ich werde dich lehren, glücklich zu leben. Doch achte wohl, meine Durchfahrt nicht zu versäumen." Ntondo versprach zu wachen. Da die Zeit der Rückkehr Libanzas kam, zankte Ntondo mit seinem Weib und schlug sie. Dann legte sich Ntondo unter eine Palme und schlief ein; indes setzte sich das Weib in Trauer an das Flußufer, zu weinen. Während Ntondo schlief, kam Libanza im Boot und rief Ntondo, seinen Freund; der hörte nicht. Ebesua noch immer in Zorn, hütete sich, den Gatten zu rufen, und ließ das Boot vorüberfahren. Libanza zürnte, da er sah, daß Ntondo seiner nicht warte und fuhr weiter. Da er schon weit war, weckte Ebesua den Gatten und sprach: "Da fährt Libanza, dein Freund fährt vorüber, er ruft nach dir, und du antwortest nicht." Ntondo beeilte sich, sprang in die Piroge und rief nach Libanza. Der antwortete: "Du wachtest nicht, du hast mich nicht erwartet. Es ist zu spät, fahr fort zu arbeiten und zu mühen; du ließest das Glück vorüberziehen."

Upoto

Libanza

Vor langer Zeit, Libanza war nicht geboren. Es waren zwei Frauen, zwei Schwestern, die wohnten auf einem großen Baum. Die Schwestern hatten wunderbare Stimmen, und es war eine Freude, sie singen zu hören.

Vom Baum hing eine wunderbare Schnur zur Erde nieder, das sind die Sonnenstrahlen; wenn man die Schwestern zu singen bewegen wollte, zog man die Schnur. Eines Tages zog ein Tier mit Namen Libenge die Schnur, alsbald begannen die Schwestern zu singen. Libenge fand die Lieder so schön, daß er die zwei Schwestern bat, seine Frauen zu werden. Sie schlugen es ab. Ein anderes Tier Mondanga kam, hörte die Frauen singen, verliebte sich und bat sie, sich mit ihm zu vermählen. Auch ihm verweigerten sie dies. Es kam ein drittes Tier Ndoumba und noch Nkoi, der Leopard; ihnen widerfuhr das Gleiche. Endlich kam Coco, der Hahn, mit den wunderbaren Federn. Er begann zu singen: "Kubelukuku", zog an der Schnur, und alsbald begannen die Frauen zu singen; diesmal noch zauberischer als sonst. Der Hahn mit den wunderbaren Federn, der solches noch nie gehört hatte, verliebte sich in die Frauen und bat sie, herabzusteigen. Die beiden Frauen fanden in dem Hahn einen Gatten nach ihrem Geschmack, stiegen mit ihren Dienerinnen hinab und folgten ihm. Alles ging gut. Man lebte in gutem Einvernehmen; denn die Frauen liebten ihren Gatten sehr. Da begann es eines Tages zu regnen. –

Da der Regen aufgehört hatte, kamen, wie das geschieht, tausend und abertausende Ameisen aus der Erde hervor, und der Hahn begann wacker sie zu essen. Eine Dienerin sah dies und konnte nicht verstehen, daß der Gatte ihrer Herrin solche Dinge aß; sie ging der Frau zu erzählen. Diese konnte es noch weniger verstehen, daß der Mann Ameisen esse, und glaubte, die Dienerin sei eifersüchtig auf ihren schönen Gatten, und schalt sie. Diese war unzufrieden, unverdient gescholten worden zu sein, und belauerte den Hahn. Da sah sie, daß er immer noch Ameisen aß. Sie lief zu der Gattin und sagte ihr, sie wolle ihr ein Ding zeigen. Da die Frau es gesehen hatte, flüchtete sie sich mit ihren Frauen und ging wieder auf den Baum, sehr traurig und ohne zu singen.

Eines Tages, lange danach, kam Lotenge, der Vater Libanzas, zu diesem Baum und hörte die Frauen singen. Sie gefielen ihm, und er gefiel den Frauen, und er nahm sie mit sich in sein Dorf.

Sie lebten sehr glücklich, und die Zeit kam, da Nstombobelle gebären sollte. Eines Tages, da Nstombobelle auf dem Felde arbeitete, fand sie zwei Saphofrüchte, die ein Vogel hatte fallen lassen. Da sie die Früchte zubereitet hatte, schmeckten sie ihr so gut, daß sie nichts anders mehr als Saphofrüchte essen wollte. Unglücklicherweise gab es sehr wenige Saphobäume in der Umgegend, und da sich Nstombobelle nur mit diesen nährte, geschah, daß sie zu Ende waren. Da sagte Lotenge zu seiner Frau: "Warte, ich kenne einen großen Baum in der Nähe des Dorfes der Molimba; ich will dir Saphos suchen."

Er ging und kam zum Baum, wo eine Wache stand, Fotte-Fotte genannt. Lotenge bat um Erlaubnis, die Früchte zu nehmen; Fotte-Fotte schlug es ihm nicht ab. Lotenge stieg in den Baum, der meilenbreit war, und nahm die Früchte. Da bat Fotte-Fotte, daß er ihm eine Sapho zuwerfe; doch die Frucht war ungeheuer und verwundete im Herabfallen die Wache.

Dieser rief Molimba, damit er Lotenge fange. Doch glücklich vermochte dieser zu flüchten, trotzdem er verwundet war. Lotenge brachte dann die Früchte seiner Frau Nstombobelle; sie war ihm erkenntlich und dankte ihm sehr.

Indes Nstombobelle nur noch von diesen Früchten aß, gab es bald keine mehr, und sie bat Lotenge, andere zu suchen. Lotenge, der seine Frau anbetete, ging zu dem Baum, wo er wiederum Fotte-Fotte traf, der ihm noch einmal die Erlaubnis gab, die Früchte zu nehmen. Aber sofort rief er Molimba, Lotenge zu überraschen.

Dieses Mal hatte Molimba mehr Erfolg, und Lotenge wurde getötet. Da die Trauerkunde im Dorfe Lotenges bekannt wurde, wollte keiner mehr Speisen zu sich nehmen, und das ganze Dorf trauerte. –

Nach einiger Zeit kehrten alle Frauen des Lotenge in ihre Dörfer zurück, ausgenommen Nstombobelle, die von Lotenge schwanger ging. Der Tag der Niederkunft war nahe, und kurze Zeit nach dem Tode Lotenges gebar Nstombobelle Kobba.

Kobba wurde nicht wie andere Menschen geboren, sondern er kam zur Welt angetan als Krieger mit Messer und Schild.

Nachdem sie ihn geboren hatte, gab Nstombobelle das Leben an Tausende und Tausende von Schlangen, Stechmücken und anderen Tieren; alle gleich Kriegern bewehrt mit Lanzen und Schilden. Das war Kobbas Heer.

Nach ihm sollte Libanza zur Welt kommen, aber dieser sprach zu seinem Bruder Ngommingoy: "Nein, ich will, daß du der Ältere seist, komme vor mir zur Welt."

Ngommingoy ist zur Welt gekommen, sitzend auf einem großen Thron, getragen von mehreren Sklaven. Er war glanzvoll; alle, die ihn kannten, sagten, es sei der schönste Mann, der je gelebt habe. Eine seiner Eigentümlichkeiten war, nie die Erde zu berühren, sondern immer von Sklaven sich tragen zu lassen.

Solcherart wurde Libanza geboren: Seine Mutter bat ihn, sich gebären zu lassen. Doch er wollte nicht. Das wäre zu schimpflich. Dann schlug ihm seine Mutter vor, durch die Ohren zur Welt zu kommen, doch das schlug er ab des Ohrenschmalzes wegen; durch die Nase, nein, des Schleimes wegen; durch die Augen, nein, da gibt es Tränen; durch die Hände, nein, denn die Hände sind schwarz; durch den Rücken, nein, wenn du schlafend auf dem Rücken liegst, wirst du mich töten. "Aber wie willst du denn zur Welt kommen", frug ihn die Mutter. Er antwortete: "Durch die Nägel." Er sagte seiner Mutter, sie möge eine Schnur nehmen und sie um die Nägel rollen, das tat sie, und Libanza kam durch den Nagel des kleinen Fingers zur Welt. Er glänzte, wie es einem höheren Wesen geziemt. Vor ihm wurde sein Thron geboren.

Als Libanza geboren war, sprach er nicht, und seine Mutter lief ängstlich zum Zauberer. Der Zauberer zündete das Bastkleid an, das die Mutter trug. Da dies Libanza sah, schrie er: "Mutter, gib acht, dein Kleid brennt." Er streckte die Hand aus und Wasser löschte das Feuer.

Eines Tages frugen die Kinder Nstombobelle, wo ihr Vater sei, und sie war gezwungen zu erzählen, der Vater sei gestorben, weil er Holz geschlagen habe. Bald jedoch mußte sie ihnen sagen, was bei Molimba geschehen war. Die Brüder beschlossen, daß der Baum, der des Vaters Tod verschuldet habe, nicht weiter stehen könne, und sie kamen überein, ihn zu fällen. Likenza, der Schmied, begann Äxte zu schmieden, und bald waren alle bereit. Molimba war rasch über die Absichten Libanzas und der Brüder unterrichtet; er glaubte, sie seien nicht stark genug und sagte seinen Leuten, sie sollten ruhig bleiben.

So konnten Libanza und seine Männer alles nötige in Ruhe vorbereiten. Sie kamen überein, daß Kobba, weil er der älteste war, den Baum niederschlagen solle. Doch welche Überraschung, Kobba arbeitete und mühte sich mit aller Kraft, aber er vermochte selbst nicht das kleinste Stück Holz vom Baume zu schneiden. Die Zuschauer lachten, darüber geriet Kobba in Wut, kehrte in sein Haus zurück und ließ einen Regen fallen, der drei Tage dauerte. Dann bat ihn seine Mutter, den Regen aufhören zu lassen. Das tat er. Libanza hatte einen Sohn mit Namen Tserenge und Ngommingoy hatte einen Sohn, Bolingo genannt. Tserenge begann am Baum herumzuschneiden, und die Arbeit ging ein wenig voran. Da sagte Libanza, das sei keine Arbeit für einen Knaben. Libanza legte die Hand auf die Schnittwunde, und der Baum war von neuem heil.

Bolingo, der gesehen hatte, daß Tserenge so gut vorankam, sagte sich: "Was Tserenge machen kann, kann ich auch", und so hatte er schon große

Stücke abgeschnitten. Da kam Libanza und machte von neuem den Baum ganz. Ngommingoy hatte sich eine gewaltige Axt arbeiten lassen und begann den Baum niederzuschlagen, und schon begann der Baum zu fallen, da legte Libanza die Hand auf den Baum und machte die ganze Arbeit zuschanden.

Die Leute Ngommingoys erzürnten sich darüber so sehr, daß sie über die Männer Libanzas herfielen: natürlich erwiderten diese den Angriff; viele kamen um.

Libanza rief Ngommingoy und sagte: "Mein Bruder, warum können wir nicht Freunde sein?" Ngommingoy zeigte ihm die Leichen seiner Leute und sagte, daß deswegen Freundschaft zwischen ihnen unmöglich geworden sei. "Du hast recht", sagte Libanza, "aber wenn es nur dies ist, sieh hierher." Er nannte die Toten beim Namen, und sie erhoben sich beim Klang seiner Stimme.

Ntsongo kam zu Libanza und sagte: "Bruder, wenn du diesen Baum fällen willst, mußt du Leopardenhaut um deine Hüften binden, und dann wird der Baum ganz allein fallen." Der Leopard, der dies Gespräch gehört hatte, sprach: "Was, ihr glaubt also, mich töten zu können?" und er kam in der Nacht und stahl einen der Hunde Libanzas.

Libanza schickte seine Leute, den Leopard in Netzen zu fangen. Da kam Ntsongo, sprach zu ihm: "Bruder, du bist ein Mensch, der Leopard ist ein Mensch, kämpft miteinander."

Libanza legte Lanzen und Messer zur Seite und erwartete ohne Waffen den Leoparden.

Da der Leopard auf Libanza sprang, nahm dieser ihn bei der Gurgel. Dann tötete Libanza den Leoparden, bemächtigte sich des Fells: der Baum fiel ohne einen Axtschlag.

Molambi, der zuerst nicht glauben wollte, daß Libanza den Baum zu fällen vermochte, sah es schließlich und rief all seine Leute, Libanza zu bekriegen.

Libanza, der wenig Krieger hatte, pfiff in seine Hände, und sofort wurden aus der Erde von überallher Männer geboren, zahlreich wie die Blätter der Bäume.

Tserenge, der Sohn Libanzas, brach auf, Molimba zu begegnen. Man kämpfte lange.

Tserenge wurde am Nacken verwundet, doch es legte Libanza die Hand auf die Wunde, und Tserenge war geheilt. Dann ließ Ngommingoy, der niemals ging, seinen Thron kommen und zog in den Krieg. Er schlug sich glänzend, und jede seiner Lanzen tötete zehn Männer. Da schickte Molimba den stärksten seiner Männer, mit Namen Ndomdomoli, heraus, der mit jeder Lanze fünf Männer zu Boden schlug. Er tötete alle Träger Ngommingoys, der zur Erde stürzte.

Molimba schleuderte alsdann eine Lanze nach Ngommingoy, und dieser starb unter seinem Baum und flog auf.

Indessen hatte Ndomdomoli keine großen Erfolge mehr, da er bald durch einen Lanzenstich getötet wurde. Da der Tod Ngommingoys bei seinen Leuten bekannt war, weinten diese, so daß die Tränen Bäche und dann Flüsse strömten. Die Tränen haben den Kongo geboren.

Der Krieg war schrecklich, so daß auf der Seite Molimbas nur er und seine Frau übrigblieben und auf der Seite Libanzas Ntsongo, Tserenge, Bolongo, Kobba und Ntsombobelle.

Libanza forderte Molimba zur Übergabe auf; dieser verweigerte sie und wollte kämpfen. Er schleuderte eine Lanze nach Libanza, doch der griff die Lanze und warf sie zur Erde, eine zweite Lanze und ein Messer gingen denselben Weg. Dann fragte Libanza, ob Molimba sich ergeben wolle, aber Molimba schlug es ab.

Dann schleuderte Libanza eine Lanze nach ihm, die kehrte zu ihm zurück mit der Mütze Molimbas, dann mit dem Gürtel, mit dem Halsband, mit den Kleidern, und bald stand jener nackt. Libanza frug ihn noch einmal, ob er sich ergeben wolle, aber Molimba verweigerte es noch immer, und dann schleuderte ihm Libanza die Lanze ins Herz.

Kobba versuchte vergebens, das Haupt Molimbas abzuschneiden; um sich zu rächen, ließ er furchtbaren Regen fallen.

Libanza hieb mit einem Schlag das Haupt ab und ließ alle Toten wieder geboren werden, außer Molimba, der ein zu großer Feind war und seinen Bruder Ngommingoy getötet hatte, der schöner war als er und auf den er eifersüchtig war.

Die Leute teilten dann untereinander alle Früchte, die sie auf dem Baume fanden, und man sagt, es seien genug gewesen, daß alle für mehrere Tage sich satt essen konnten.

Wenige Zeit nach dem Tode Molimbas beschloß Libanza, andere Orte zu sehen. Er machte sich mit seinen Leuten auf den Weg, geleitet von seiner Mutter, seiner Schwester und von Bongenje, dem Rat.

Da er mit seinen Leuten in das Dorf Toumboukous, des Einbeinigen, kam, weigerte ihm dieser den Weg.

Libanza sagte, er allein könne die Schwierigkeiten beseitigen und verschmähte die Hilfe seiner Männer. So kämpfte Libanza mit dem Einbeinigen. Dieser, wiewohl er nur ein Bein hatte, war furchtbar stark und Libanza konnte ihn nicht werfen.

Libanza schämte sich ein wenig, ging zu Bongenje und fragte ihn, was zu tun sei.

Bongenje war zwar schwach, doch schlau und sagte zu Libanza, er solle sich Bananen kaufen und sie reifen lassen. "Dann", fügte er hinzu, "wirst du die Schalen nehmen und sie auf den Platz legen, wo du kämpfen willst." Libanza tat, wie ihm Bongenje geraten hat und ließ dem Einbeinigen sagen, er wolle sich noch einmal mit ihm schlagen.

Toumboukou kam wieder zu ihm, und nach kurzem war er zur Erde geworfen.

Libanza frug Ntsongo, ob sie Toumboukou zum Manne wolle, aber sie schlug es mit Abscheu ab.

Libanza ging seinen Weg und kam in das Dorf einer Frau mit Namen Tokolo. Hier geschah das gleiche, wie bei dem Einbeinigen. Tokolo verbot

Libanza den Durchzug. "Wie", sagte Libanza, "ich, der Molimba tötete, der den Einbeinigen zur Erde warf, soll mich durch eine Frau aufhalten lassen?" Er schlug sich mit Tokolo.

Tokolo war eine starke Frau, es gelang ihm nicht, sie zur Erde zu werfen. So bedurfte er noch einmal des Rates seines Zauberers Bongenje.

Dieser hörte ihn an und sagte: "Unter deinen Leuten ist einer, der Schwiegersohn der Tokolo, und wenn du mit Tokolo kämpfst, so nimm ihn an dem Bein, so daß der Blick der Frau auf ihn fällt." (Der Schwiegersohn darf niemals die Schwiegermutter ansehen und die Schwiegermutter nicht den Schwiegersohn.) Den anderen Tag, da Libanza mit Tokolo stritt, tat er, wie ihm gesagt war. Der Blick Tokolos fiel auf den Schwiegersohn; sie schämte sich dessen, wurde verwirrt, und Libanza warf sie leicht zur Erde.

Libanza nahm das Dorf in Besitz, ließ wie bei dem Einbeinigen einen Teil seiner Leute zurück und zog weiter.

Libanza kam in das Dorf der Ilongo Nkolo, der Schwester seiner Mutter, wo er wohl empfangen wurde. Eines Tages sah er Ilongo Nkolo mit drei Töpfen Palmwein, worum er sie bat. Ilongo Nkolo verweigerte sie ihm, Libanza fand das so schändlich, daß die Schwester seiner Mutter ihm solch Ding weigern könne, daß er die Tante angriff. Doch Ilongo Nkolo war eine Frau von großer Kraft, faßte Libanza am Hals und warf ihn einige Meter weit weg. Libanza schämte und ärgerte sich zu gleicher Zeit, lief noch ein mal zu Bongenje und forderte Rat. Bongenje sagte ihm, es sei am besten, nicht mit Ilongo Nkolo zu kämpfen, da sie viele Fetische besäße. Aber Libanza wollte mit solchem Ohr nicht hören.

"Wenn du trotz allem kämpfen willst", sagte ihm Bongenje, "wisse, daß Ilongo Nkolo, solange sie die Töpfe Öl auf der Brust trägt, unverwundbar ist. Ich will dir einen guten Rat geben. Wenn du mit deiner Tante kämpfst, mußt du sie zwingen, dreimal an den Baum zu tupfen, der sich dort befindet, wenn du dann die Töpfe berührst, die auf ihrer Brust liegen, wird ein Tropfen Öl auf ihre Brust fallen, und du wirst sie zur Erde werfen können."

Libanza befolgte den Rat und warf Ilongo Nkolo zur Erde, so daß sie ihm die drei Töpfe geben mußte.

Da der Tag der Abreise Libanzas näher kam, rief ihn seine Mutter Nstombobelle und sagte ihm: "Sohn, ich habe dich bis hierher begleitet; doch du wirst zu schlimm, und überall kämpfst du, selbst mit deiner Tante. Weiter begleite ich dich nicht, ich bleibe bei meiner Schwester."

Libanza reiste also ohne seine Mutter. Da Libanza zum Dorf der Ngombe (Waldmenschen) gekommen war, sagte er zu seinen Leuten, sie sollten zurückbleiben. Er verwandelte sich in einen jungen Mann, sehr häßlich und am ganzen Körper mit Wunden bedeckt. Er setzte sich auf einen Baum und wartete. Bald kamen die Leute vorüber und sahen ihn. Sie fragten ihn, wer er sei und woher er käme. Er antwortete, er sei ein Sklave und seinem Herrn entflohen.

Die Ngombe glaubten ihm und führten ihn in ihr Dorf; ließen ihn dort alle Arbeit verrichten und gaben ihm fast nichts zu essen. Nach drei Tagen hatte Libanza genug und tötete alle Leute des Dorfes. Er rief seine Leute und zeigte ihnen die Leichen.

Er weckte wieder alle Ngombes auf und gab sie seiner Schwester Ntsongo zu Sklaven. Allmählich klang überall der Name Libanza und verbreitete großen Schrecken. So geschah, daß er eines Tages im Wald Leuten begegnete, die Palmöl bereiteten. Die Leute flüchteten und schrien: "Das ist Libanza." "Nein", sagte Libanza, "ich bin ein Knabe, der von seinem Herrn flüchtete", und bat um Feuer. Die Leute glaubten ihm und kamen zu ihm in einer Piroge. Da sie alle zu ihm gekommen waren, rief er seine Leute, und sie raubten die Schiffe.

Ein andermal verbarg Libanza seine Kleider im Schurz und verwandelte sich wieder in einen Sklaven, bedeckt mit Wunden und von eklem Ansehen. Er ging in ein Dorf und sagte, er sei ein geflüchteter Sklave und richtete sich in der Hütte ein. Da kamen in der Nacht die roten Ameisen in sein Haus. Alle Menschen flohen, ausgenommen Libanza.

"Was", sagten die Leute, "du siehst nicht die roten Ameisen, riechst du sie nicht?"

"Nein", sagte er, "ich sehe nichts, ich rieche nichts." Wirklich schien es so, als sehe er nichts und rieche er nichts, da er ebenso lange wie die Ameisen blieb.

Den andern Tag begleitete er Leute des Dorfes, die Palmwein machen gingen. Er sagte ihnen: "Wie also macht ihr Palmwein? Wartet, ich will euch zeigen, wie ihr Palmwein machen müßt." Zuerst verspotteten sie ihn und sprachen: "Was, ein kleiner Mensch, wie du bist, willst uns lehren, Palmwein zu machen?" Doch da sie sahen, wie er arbeitete, erstaunten sie; denn er allein hatte mehr Palmwein gemacht als sie alle zusammen.

Da schrie einer von ihnen: "Das ist nicht ein Mensch, das ist nicht ein Sklave, das ist Libanza", und flüchtete. Nachts warf Libanza seine Verkleidung ab und erschien wieder als der Mann, wie er war, schön und glanzvoll.

Da die Frauen, die mit ihm in der Hütte waren, ihn so sahen, staunten sie sehr und fragten, woher er käme. Er erzählte ihnen eine Geschichte, und bald liebten ihn die Frauen. Am anderen Tag gaben ihm die Dorfleute ein Haus, er richtete sich mit seinen zwei Frauen ein und lebte darin.

Eines Tages, da alle weggegangen waren und im Dorf nur Libanza und die zwei Frauen geblieben waren, sagte er ihnen, sie möchten Wasser holen. Da sie in der Piroge waren, in der Mitte des Wassers, rieb er sich die Nase und war bei ihnen in der Piroge.

Die Frauen sahen und begriffen, daß es Libanza sei, und schrien. Bald kamen die Dorfleute mit Lanzen und Schilden. Man warf nach ihm mit Lanzen. Er fing sie auf und legte sie in die Piroge. Er sah die Väter seiner Frauen, namens Iman und Imalamutu und rief, man möge ihn ruhig ziehen lassen. Doch sie wollten nicht. Er liebte die Frauen und wollte sie mit in sein Dorf führen. Man antwortete ihm mit einem Schauer von Lanzen.

Libanza forderte zum letzten Male Iman und Imalamutu auf, zu enden; doch diese verlangten seinen Tod.

Libanza zürnte sehr, nahm eine Lanze, die man nach ihm geworfen hatte, und tötete Iman, nahm eine zweite Lanze und tötete Imalamutu. An der Stelle, wo die zwei Männer gefallen sind, brach ein großer Wasserfall heraus, der noch heute strömt.

Libanza zog weiter. Da stellte sich ihm eines Tages ein Riese entgegen und schrie: "Hier geht man nicht vorbei." Das war ein gewisser Jau-Jau. Er war furchtbar und hatte einen solch langen Bart, daß er die Erde berührte.

Libanza, der noch nie einen so häßlichen Menschen gesehen hatte, lief zu Bogengje und forderte Rat. "Nichts leichter als dies", antwortete Bogengje, "es genügt, daß du Feuer in seinen Bart legst, und er ist besiegt."

Libanza befolgte den Rat, legte Feuer in den Bart des Riesen und bemächtigte sich seiner. Noch einmal war Libanza siegreich.

Eines Tages rief Ntsongo den Bruder und sagte: "Ich sah ein schönes Messer in den Händen eines Knaben; ich wünsche, daß du es mir schenkest."

Libanza wollte seiner Schwester zu Gefallen tun und suchte den Knaben. Er verlangte das Messer. Aber der Knabe verweigerte es. Libanza erzürnte und forderte Rat bei seinem Zauberer Bongengje: der sagte ihm, er solle ein Schaf töten und jedermann zum Mahl laden. Er dachte, auch der Knabe käme, und dank seiner Gefräßigkeit könne man ihm das Messer nehmen. Aber dieses Mal irrte Bongengje; Irengerengaikai ließ sich nicht fangen, Libanza konnte schön seine Schafe töten; jener blieb fern, sah die anderen essen und verspottete Libanza, der nutzlos Ausgaben gemacht hatte. Dieser wurde wütend und warf Steine nach ihm. Der Knabe floh.

Libanza bedauerte sehr, daß er seiner Schwester das Messer nicht geben konnte. Einige Zeit darnach erbat sie von ihm einen schönen Vogel mit Namen Ntoto; er mühte sich, ihr angenehm zu sein. Doch der Vogel entwischte; er suchte von neuem die Hilfe seines Zauberers; dieser erinnerte sich seines letzten Mißerfolges und wollte drum selber die Sache betreiben. Er sagte dem Vogel, er möchte sich auf einen Baum setzen. Doch wenn er sich nähern wollte, warnte der Baum den Vogel, der spöttisch sang; er befahl ihm, sich auf einen Felsen zu setzen, um zu trinken. Doch jedesmal warnten diesen rechtzeitig Fels und Wasser. Bongengje verzweifelte darüber und befahl ihm, sich zu seinem Weibchen zu begeben. Dieses Mal wurde der Vogel nicht gewarnt und wurde gefangen. Libanza war ganz glücklich, lief zu seiner Schwester, ihr den Vogel zu bringen. Aber wie war er erstaunt, da nach all diesen Mühen, die man gehabt hatte, ihr den Vogel zu schaffen, er hörte, daß sie ihn nicht mehr wolle.

Eines Tages erbat Ntsongo von Libanza einen anderen Vogel, Itsosi genannt. Da er ihn nicht fangen konnte, nahm er die drei Jungen und brachte sie seiner Schwester. Aber der Vogel, der gewaltig war, beschloß sich zu rächen, und eines Tages raubte er die drei Kinder Ntsongos.

Ein anderer Vogel, Ivotosigunda, hatte sehr lange und sehr schöne Krallen. Ntsongo bat ihren Bruder, ihr die Krallen zu verschaffen.

Der gutmütige Libanza wollte ihr die Krallen verschaffen und wurde verwundet. Trotzdem gelang es ihm, den Vogel zu fangen, doch da er ihm die Krallen abschneiden wollte, bat ihn dieser, sie ihm zu lassen. Zum Lohne wolle er ihm als Sklave dienen. Libanza willigte ein, und der Vogel blieb mit ihm.

Die Regenzeit war gekommen, der ganze Wald wurde überschwemmt. Libanza befahl seinen Männern, Pfähle einzuschlagen, die einen gegen die andern gestützt, so daß nur noch ein enger Durchgang blieb.

Da das Wasser zu sinken begann, ließ er den Abfluß schließen, und bald war der Wald mit Fischen gefüllt. Libanza wollte sie seiner Schwester geben, doch die schlug sie aus. "Gib sie unsern Männern", sagte sie, "und wirf das übrige ins Wasser." Libanza befolgte den Rat; hätte er es nicht getan, so hätten wir niemals Fische gehabt. –

Ntsongo hatte eine schöne Frau gesehen und sagte zu Libanza: "Nimm diese hübsche Frau; sie soll mir als Sklavin dienen oder deine Frau sein, so du willst." Als Libanza sich der Frau nähern wollte, floh sie zu ihrem Vater. Der fragte sie um die Ursache solcher Angst. Sie sagte, sie habe Libanza gesehen; doch jener wollte es nicht glauben und befahl ihr, in den Busch zurückzugehen, um Palmöl zu ernten. "Du schickst mich in den Tod; aber wenn du es willst, gehe ich", und sie ging. Als Libanza sie sah, näherte er sich und sagte: "Fürchte dich nicht, ich liebe dich, und du sollst meine Frau sein." Da nahm er sie mit und befahl seiner Wache, sie wohl zu hüten.

Libanza hatte, um die weite Reise zu machen, sich einen kleinen Vogel mitgenommen, namens Sensery, der trug ihn, wohin er wollte.

Eines Tages tat Libanza all seine Leute, um sie nicht zu ermüden, in ein kleines Blatt, steckte es in die Nase und ging zu seiner Schwester.

Ntsongo sah Palmnüsse und bat ihren Bruder, ihr welche zu suchen. Libanza hatte ein gutes Herz und liebte seine Schwester sehr. Doch frug er sich bisweilen, warum sie immer irgendein Ding von ihm verlange. "Schwester, du liebst mich nicht. Ich bin sicher, du möchtest mich tot sehen."

"Ja", antwortete Ntsongo, "ja, ich will deinen Tod, du hast deinen Bruder getötet, weil du ihn beneidetest; du glaubst, daß ich dich liebe; nein, nein, nein. Du hast deinen ältesten Bruder getötet, der fast dein Vater war, und du glaubst, daß ich es nicht wage, dir zu sagen, daß ich dich hasse? Ja, ich hasse dich und werde glücklich sein, dich sterben zu sehen."

"Du hast unrecht, meinen Tod zu wünschen, weil keiner dich zu schützen vermag als ich. Aber du willst meinen Tod, wohl, ich werde sehen." Er begann auf die Palme zu klettern, um Nüsse zu pflücken, die seine Schwester verlangt hatte. Libanza hatte sich, ehe er aufstieg, eine große Schlange um den Hals gewunden und einige Glocken umgehängt, die jede seiner Bewegungen hören ließen.

Libanza stieg immer, aber je höher er stieg, desto größer wurde der Baum, er erhob sich so hoch, daß seine Äste bald in den Wolken schwanden, und die Menschen am Fuße der Palme konnten nicht mehr die Nüsse sehen. Dann wurde plötzlich die Palme so klein, daß Ntsongo alle die Nüsse, welche sie wollte, pflücken konnte. –

Libanza war verschwunden, da er nicht mehr mit seiner Schwester, die seinen Tod wünschte, leben wollte. Ntsongo und ihre Leute erwarteten ihn vergebens, und als sie sahen, daß er nicht wiederkehre, gründeten sie an der Stelle ein Dorf, das noch heute besteht. –

Libanza blieb in den Wolken und war nicht wenig erstaunt, dort seine Tante, die Schwester Ntsongos und seinen Bruder wiederzufinden. Seine Tante, noch mehr verwundert, fragte ihn, was ihn hierherführte. Libanza erzählte das Geschehene und sagte, Ntsongo habe seinen Tod gewollt. Seine Tante unterrichtete ihn dann über die Dinge der Luft und riet ihm, dem mächtigen Häuptling Lombo, dem König der Lüfte, zu mißtrauen.

Die Nacht war niedergefallen, und Lombo befahl, bevor er sich schlafen legte, jedermann Stillschweigen unter Todesstrafe. Libanza übertrat das Gebot und sprach mit lauter Stimme. Lombo erzürnte sich und schickte zwei Sklaven, um ihn zu töten. Aber Libanza machte einen Ruck, und einer fiel tot nieder, während der andere von Furcht erfaßt flüchtete, um seinem Herrn zu erzählen, was er gesehen. –

Lombo glaubte es nicht und schickte zwei Frauen, sich Libanzas zu bemächtigen. Er griff sie und machte sie zu seinen Sklavinnen. Da Lombo sah, daß die Frauen nicht zurückkehrten, schickte er zwei Jungfrauen hin, diese hielt Libanza gleichfalls zurück. Lombo wollte noch zwei junge Männer schicken, aber das Volk murrte und sprach: "Du willst uns wohl alle sterben lassen; siehst du nicht, daß Libanza da ist?"

Da ließ Lombo das Tamtam schlagen und versammelte all seine Männer; Libanza ließ seine Krieger aus dem kleinen Blatt, das er sich in die Nase gesteckt hatte, hervorkommen. Die Kämpfer stritten miteinander bis zur völligen Vernichtung aller Männer. –

Libanza wollte um jeden Preis siegen und befragte seinen Zauberer Bongengje, was zu machen sei. "Nimm dieses Stück Eisen", antwortete der, "laß es im Feuer glühen, und wenn sich Lombo zeigt, um mit dir zu kämpfen, bohre es ihm in die Gurgel."

Libanza ging sofort ans Werk; aber Lombo, der Feuer fürchtete, verschwand unter der Erde. Dann nahmen Bongengje und Libanza die Form unsichtbarer Geister an, und da Lombo zurückkehrte, gelang es Libanza, Lombo das rote Eisen in die Kehle zu bohren.

Man hörte ein Donnern im Körper Lombos, und er fiel auf den Rücken; Libanza warf sich auf ihn, ihm die Kehle zu durchschneiden, aber der König der Lüfte bat um Gnade und wurde Sklave des Siegers.

Libanza erweckte alle und machte die Männer zu seinen Sklaven.

Lombo besaß einen sehr treuen Leopard (Nkoi), der verzweifelt war, seinen Herrn zum Sklaven erniedrigt zu sehen; er beschloß, Libanza zu verderben. Er schlug diesem vor, Palmnüsse pflücken zu gehen. Libanza ahnte die schlimme Absicht, tat, als nehme er an, und blieb zu Haus. Er schlug die Erde mit einem Stab; das ganze Haus füllte sich alsbald mit Nüssen, und als der Leopard zurückkam, staunte er, Libanza mit so überreicher Ernte zurückgekehrt zu sehen.

Den anderen Tag schlug der Leopard vor, Holz zu schneiden. Von neuem tat Libanza, als nehme er an; jedoch er rührte sich nicht, schlug in seine Hände und sofort hatte er einen großen Vorrat Holz. Der Leopard konnte seinen Augen nicht trauen und suchte ein anderes Mittel, Libanza zu töten. "Bruder", sagte er, "wir wollen Palmnüsse kochen."

Libanza ahnte, daß der Leopard ihn töten wolle, sobald er ihm den Rücken zudrehe, legte eine Kette mit Schellen um die Hüften und sang bei der Arbeit.

Der Leopard widerstand der Müdigkeit nicht und schlief ein. Libanza hätte ihn leicht töten können; doch zog er es vor, Palmnüsse zu bereiten. Da alle bereitet waren, erwachte der Leopard und sann auf ein anderes Mittel, Libanza zu verderben. Er schlug ihm vor, Salz zu bereiten. Libanza beschloß jetzt, mit ihm zu enden; nahm noch einmal an, und als der Leopard gegangen war, verschloß er das Haus und ließ nur eine Öffnung im Dach. Der Leopard kehrte zurück und bat, eintreten zu dürfen. "Wenn du kommen willst", antwortete Libanza, "komm durchs Dach." Da der Leopard den Kopf durch die Öffnung des Daches steckte, warf ihm Libanza heißes Salz in die Augen, das er eben bereitet hatte. Der Leopard heulte vor Schmerz und starb. Libanza zweifelte, ob sein Feind tot sei und sagte ihm: "Wenn du wahrhaft tot bist, mögen die Zähne fallen", und die Zähne fielen. "Wenn du wahrhaft tot bist, mögen deine Nägel fallen", und die Nägel fielen. Libanza war des Todes des Leoparden versichert und ging.

Er traf einen großen Adler. Er nahm die kleinen Blätter, die in seiner Nase waren, und gab seinen Geist den Leuten, die darin waren. Er sagte ihm: "Bring das meiner Schwester." Der Adler flog fort, aber da er glaubte, daß er Fleisch trage, hielt er auf dem Wege an und wollte den Inhalt der Blätter essen. Libanza war im Innern verborgen. Er erschreckte den Adler, der die Blätter fallen lassen wollte. Aber sie blieben an seinen Klauen wie angeheftet. Dann befahl Libanza dem Adler, die Blätter einem Geier zu übergeben. Der wollte gleichermaßen den Inhalt fressen, und es wurde ihm befohlen, sie einem Falken zu geben, der sie wiederum aus gleicher Ursache einem Papagei geben mußte. Der trug sie fort, aber als er schöne Palmnüsse sah, ließ er sie zur Erde fallen.

Libanza kam aus dem Versteck hervor, gab seinen Männern das Leben zurück und befahl ihnen, an dieser Stelle ein Dorf zu errichten. Ohne es zu wissen, hatte Libanza in der Nähe seiner Mutter das Dorf gebaut. Eines Tages erging er sich im Wald, wurde von einem Sklaven erkannt, der seiner Mutter eilig sagte, er habe ihren Sohn gesehen. Diese glaubte, der Sklave lüge, und ließ ihn töten.

Einige Zeit darnach bedauerte die Mutter Libanzas die Tat und sagte, der Sklave habe vielleicht die Wahrheit gesprochen. Um ihr Herz zu beruhigen, schickte sie einen anderen Mann in den Wald. Dieser sah Libanza, der versprach, die Mutter zu besuchen. Alsbald ließ sie überall Matten legen, auch auf dem Wege, den ihr Sohn gehen mußte, und ließ zu seiner Ehre ein großes Fest bereiten. Während des Aufenthalts bei der Mutter bemerkte Libanza, daß man, um Feuer zu haben, sich an Mokwikwe wenden muß, den einzigen, der es besaß. Er beschloß, sich seiner zu bemächtigen. Er ließ während mehrerer Tage regnen und nahm die Gestalt eines kleinen, durchnäßten Knaben an. Er bat Mokwikwe, sich an seinem Feuer erwärmen zu dürfen; das ward ihm erlaubt. Allein geblieben nahm er ein großes Stück Feuer, verschluckte es, ließ den Regen aufhören und trug das Feuer ins Dorf seiner Mutter.

Mokwikwe sah die Tat Libanzas und versammelte seine Männer, ihn zu strafen. Er wurde besiegt.

Libanza blieb noch einige Zeit bei seiner Mutter. Dann kehrte er in sein Dorf zurück. Anstatt ruhig zu leben, unterwarf er alle Nachbardörfer. Libanza herrschte.

Bena-Kanioka

Der Baum Gottes

Die Tiere waren auf Jagd gegangen; da sie einen Baum fanden, der Früchte trug, und seinen Namen nicht kannten, schickten sie die Antilope und sagten: "Geh, frage Gott um den Namen." Die Antilope war gegangen, frug. Gott sagte den Namen; er sprach: "Mein ist der Baum, der Baum Gesprenkelt. Das ist mein lieber Baum Gesprenkelt." Da die Antilope den Weg lief, entfiel ihr der Name. –

Sie schickten die Schildkröte und sagten: "Geh du fragen." Die Schildkröte ging, auch sie, und fragte; Gott sagte ihr den Namen des Baumes: "Mein Baum Gesprenkelt, der liebe Baum Gesprenkelt." Er gab ihr eine Glocke, sprach: "Wenn du ihn vergißt, wird die Glocke ihn sagen." Die Schildkröte ging. Den Weg angekommen, vergaß sie den Namen. Die Glocke sagte ihr: "nkelente, nkelente." Die Schildkröte verstand, kam an und sagte den Namen. Sie freuten sich, erstiegen den Baum und aßen die Früchte. Davon der Schildkröte zu geben, verweigerten sie. Als sie gegessen hatten, töteten sie diese. Die kleinen Ameisen nahmen den Leib der Schildkröte und sangen:

"Knete den Sand, knete die Erde,
Bis er erscheint, den Gott schuf."

Sie gaben ihr den Körper zurück, und die Schildkröte kehrte zum Leben zurück. Die Tiere töteten sie noch einmal; die kleinen Ameisen bildeten noch einmal die Schildkröte, die zum Leben zurückkehrte. Die wiedererstandene Schildkröte entwurzelte den Baum, alle Tiere kamen um.

Die Frau und der Vogel

Eine Frau hatte geboren; ihr Kind war Sohn. Er zog in den Krieg. Man schoß ihm einen Pfeil in das Herz; er starb. Seine Freunde legten ihn auf die Totenbahre.

Ein Vogel ging weg zu der Mutter des Kindes und sagte ihr singend:

"Eh Makalonga von Mbayi,
Dein Sohn.

Man schoß ihm den Pfeil in das Herz.
Man legte ihn auf die Totenbahre."

Die Frau warf einen Klumpen Erde nach ihm und verfluchte ihn:

"Verflucht, Ahne des Sohns des Bulonga,
Ahne du bist Zauberer.
Wäre ich Mann, erschlüge ich dich."

Sie kamen zum Wasser mit der Bahre.

Der Vogel kam von neuem und weinte immer gleicherweise, und die Frau verfluchte ihn von neuem. Als sie sah, daß sie mit dem Sohn kamen, welch Jammern.

Die Frau sank nieder und bedachte: "Der Vogel weinte mit Recht, ich habe ihn verjagt."

Die Oger

Der Jäger ging auf die Jagd mit seinen Hunden. Der Regen überraschte ihn. Er ging zum Schutz in eine Hütte. Er begegnete dem Oger mit den zwei Köpfen. Er setzte sich, den mit den drei Köpfen zu sehen; dieser kam und fragte den Zweikopf: "Ah, Oger Zweikopf, der hat einen Kopf, woher kommt er?" Zweikopf sagte: "Das ist der Jäger, der Frühregen hat ihn überrascht, und er sagte sich, ich schlüpfe bei Freunden unter." Dreikopf sagte: "Künden wir ihm, der Meister komme." Jeder Oger, der kam, sprach also, und der Meister kam.

Die Nacht fiel, der Jäger schlief ein, die Oger hitzten eine Eisenspitze am Herd und wollten den Jäger von hinten brennen. Die Hunde sprangen hoch und knurrten. Die Oger wurden müde. Die Nacht verging, vergebens mühten sie sich, ihn zu töten. Sie trugen ihn zu einem Baum und sprachen: "Pflücke uns Pflaumen." Da sie aus der Hütte gingen, banden sie die Hunde in der Hütte fest. Der Jäger stieg, sie blieben unten am Baume und wollten ihn fällen. Der Jäger warf Schreie und rief: "Meine Kinder, ich bin verzehrt durch ein Tier." Die Hunde hörten ihn, rissen die Tür auf, liefen schnell und zerfleischten die Oger mitten im Bauch. Der Jäger stieg herab.

Molowi

Ein Mann hatte Kinder, vier Töchter. Man griff den Vater in seinem Hof und sprach: "Gib uns deine schönste Tochter." Sie nahmen Kahafwabanza. Da sie des Weges zogen, weinte sie und sang:

"Man verwundete ihn
Im Hofe der Kanioka,
Sie kamen von fern."

Das Mädchen ging immer weinend. Da sie mit ihr zum Dorf kamen, befreiten sie den Vater von den Stricken. Scheidend sagte ihnen der Vater: "Meine Tochter hier zerschrotet nicht, sie webt nur Kleider." Eines Tages ging ihr Mann ins Feld, da er mit Hunger zurückkam, sagte er: "Du wolltest mir nicht Nahrung bereiten." Die Frau nahm Maniok, tat es in den Mörser, zerschrotet und spricht: "Lieber Stößer, willige ein, gehen wir unter die Erde, bei mir muß ich nicht schroten, hier schrote ich in Sklaverei." Der Stößer und sie begannen in die Erde einzugehen. Sie zerschrotet und spricht also und sinkt in die Erde mit dem Stößer. Das war beendet, und der Stößer mit ihr verschwunden.

Ihr Gatte ging zum Schwiegervater und frug: "Kam deine Tochter hierher?" Ihr Vater nimmt eine Trommel und ruft: "Mudindila, Mudindila."

Sie erwiderte:

"Vater höre mudindila.
Man gab mich zur Ehe mudindila.
Ich war geekelt
Und barg mich in die Erde!"

Der Vater schlug die Trommel, sie antwortete immer also. Sie kommen an den Dorfplatz; vielleicht schauen sie, wo sie zur Erde hervorkomme. Man rief kleine Kinder, sagte: "Werft Kerne." Ein Kind warf einen Kern, und der Stampfer kam hervor. Man warf einen Kern, und der Mörser kam hervor. Ein anderes Kind warf noch einen Kern, und sie kam hervor. Als sie geendet hatte hervorzukommen, starb sie.

Junge Mädchen gingen baden. Da sie zu baden geendet, begannen sie die Zähne zu putzen; die Zähne der anderen wollten nicht weißen, die eines Mädchens wurden weiß. Die anderen warfen sie in den See. Sie kam, wo

Flußpferd und Krokodil sind; die kämpften; das Krokodil war stärker und nahm sie. Das Mädchen gebar Molowi; das Krokodil schickte sie und sagte: "Geh Mutter und Vater sehen", und gab ihr einen Korb Kauris, um sie Molowi zur Nahrung zu zerschroten; denn Molowi aß nicht Maniok, nicht Mais, nur Muscheln.

Da sie zum Ufer kam, hörte sie einen Mann Ruten schneiden. Das Mädchen rief ihn.

"Eh, der Ruten schneidet, der Ruten schneidet,
Sage meinem Vater
Und meiner lieben Mutter,
Da wir zum Wasser kamen,
Die Gefährtinnen mit mir,
Putzten wir die Zähne.
Die meinen wurden weiß.
Die ihren blieben schwarz.
Mich warfen sie zum Grund
Zu Flußpferd und Krokodil.
Das Krokodil sagte: Sie ist mein.
Das Flußpferd sagte: Sie ist mein.
Der Stärkere war das Krokodil.
Ich brachte zur Welt ein Kind.
Molowi vom Krokodil.
Es ißt nicht Mehl noch Mais.
Nur Staub der Kauris."

Der Mann hört und hört; er schneidet von neuem. Die Frau sagt ihm von neuem. Der Rutenschneider kehrt zum Dorf und sagt der Mutter, wie die Tochter es gesagt. Die Mutter nahm ein weißes Huhn und ein Ei; sie trafen sie, schlugen sie mit dem Huhn, zerbrachen ihr das Ei im Gesicht und gingen ins Dorf. Eines Tages läßt die Frau das Kind in der Hütte ihrer Mutter und geht zum Fischfang.

Da die Mutter mit dem Kind blieb, nahm sie die Kauris und legte sie in den Mörser und sagte: "Ich will dem Kind die Kaurinahrung zerstoßen." Sie schüttete alle Kauris in den Mörser; da weint das Kind vor Hunger; und sie nahm Nahrung von Mais und gab sie dem Kind zu essen; und das Kind starb. Sie nahm dem Kind das Glöckchen und hing es dem Huhn an; das Huhn, da geht es damit.

Ein Vogel ging die Mutter des Kindes suchen im Busch und sagte ihr:

"Deine Mutter ist Zauberin.
Sie nahm Mais,
Gab es dem Kind zu essen.
Das Kind ist tot, ach
Unter dem Bett da
Findest sich ein schrecklich Ding,
Gedeckt von Palmblättern,
Gesprenkelt mit weißer Farbe ach."

Die Frau hörte, der Vogel stöhnte immer; sie sagte ihren Gefährtinnen: "Ich gehe ins Dorf", sie ging zum Bach und ging. Da sie gekommen war, frug sie die Mutter: "Wo ist das Kind, daß ich es stille." Ihre Mutter sprach: "Hörtest du nicht das Glöckchen, das da läutet. Es spielt mit den anderen." Die Frau schaut unter das Bett, da findet sie das Kind tot. Sie nahm es, geht zum Weg, geht zum Gatten, wandert und klagt.

"Von mir nur dies, keines von Blitz und Regenbogen.
Das Kind des Krokodils, keines von Blitz und Regenbogen.
Das Gerunzelte, keines von Blitz und Regenbogen,
Da ist es tot."

Sie begegnete dem Zweiköpfigen, er frug sie: "Ist das Weinen oder Singen?"

"Das ist Singen, o Herz."

"Sind dies Tränen oder Schweiß?"

"Das ist Schweiß, o Herz."

Sie kam zum Krokodil. Dies flocht kleine Körbe, stellte sie zur Erde, rief die kleinen Kinder und sagte: "Sammelt die kleinen Körbe." Sie sammelten.

Ein einziger blieb. Das tote Kind nieste "tritsehe" und sagte: "Das ist der meine", und stand auf.

Die Tiere töten die Mütter

Alle Tiere sprachen untereinander: "Töten wir unsere Mütter." Sie schlugen ihre Mütter tot. Kamundi nahm die seine und ging, in der Höhle eines Baumes sie zu verbergen. Alle Tage ging er dorthin, Maniokbrot zu essen, und wenn er bis zur Sattheit gegessen, brachte er den anderen Früchte.

Eines Tages brachte er davon der Genettekatze und ging mit ihr zu seiner Mutter, Maniokbrot zu essen. Zurückgekehrt von dort, sagte die Genette den anderen: "Kamundi hat uns gesagt, töten wir unsere Mütter; aber die seine ist noch da, er verbarg sie in der Höhle des Baums, wohin er ihr jegliche Nahrung bringt." Und die anderen sagten: "Ah, das ist so." Der Elefant stellte sich krank. Er nahm Medizin, steckte sie sich in den Hintern, da man suchte, Kamundi zu täuschen; sobald er weit bliebe, ginge man, seine Mutter zu töten.

Sie sprachen zu ihm: "Geh Wasser schöpfen, dort bei den Wasserfällen." Kamundi ging, sie blieben, gingen zum Loch, kamen an, riefen, wie Kamundi rief:

"Mütter, Mütter,
Essen wir sie, ach.
Ich werde meine Mutter nehmen, ich werde sie in ein Loch stopfen.
In das Loch welchen Baumes?
In das Loch des Tsinam-Bamamba.
Antworte Mutter. Wu."

Die Frau antwortete; die Tiere entwurzelten den Baum, töteten sie und kehrten heim. Kamundi ging vorbei und sah die Tiere seine Mutter töten. Er ging mit dem Wasser, stellte den Krug nieder und begann zu weinen.

Sie frugen ihn: "Eh, Kamundi, was weinst du?" Er sagte ihnen: "Ah, älterer Bruder, das ist das Fleisch der Mitte des Leibes, daraus bin ich gekommen." Sie gaben ihm Maniokbrot und Fleisch. Da er einen Pferdeknochen zermalmte, sagten sie ihm: "Du hast einen Knochen von deiner Mutter gegessen." Er sagte:

"Ihr sagtet was?"

"Oh, wir sagen, iß vom Maniokbrot."

Kamundi fällte einen Baum, höhlte eine Trommel, er versammelte die Tiere und ging mit ihnen zur Wiese. Er nahm die kleinen Tiere, ganz kleine, und gab ihnen Feuer. "Geht, legt in alle Kräuter Feuer." Er nahm die Eidechsen und ließ sie auf einen Baum steigen: "Wenn ihr das Feuer seht, das sich nähert, sagt es mir, ich trete in die Dachslöcher, ihr anderen geht in die Baumhöhlen."

Er nahm die Trommel auf die Schulter und da ging er und zählte auf:

"Oh, oh, die Antilope, Glühwurm, Glühwurm.
Oh, oh, der Eber, Glühwurm, Glühwurm.
Man beweint die Mütter, Glühwurm, Glühwurm.
Wohin sind sie gegangen, Glühwurm, Glühwurm."

Er zählte die Tiere auf, er zählte die Tiere auf.

Immer also. Sie sahen das Feuer kommen und frugen ihn: "Kommt das Feuer?" Er sagte: "Tanzt, das Feuer ist noch weit." Sie tanzen, sie tanzen und sehen das Feuer, das ganz nah kommt; die oben im Baum sagten ihm: "Das Feuer ist da." Er setzte die Trommel zur Erde und trat in die Dachslöcher. Alle Tiere waren verbrannt und starben.

Bakubalegenden

Der Reichsapfel der Häuptlinge von Bangala

Ein Häuptling aus einem Dorf mit Namen Bangala Ganga genannt, ging eines Tages nach Zappo Lumbumba, ein Fest mitzufeiern.

Unterwegs traf er zwei sehr kleine Männer, die, anstatt ihn zu grüßen, wie man es einem Häuptling schuldet, frech vorübergingen.

Ganga hielt an und sprach: "Behauptet ihr, ihr hättet mich nicht gesehen, wohin geht ihr?"

"Wir sind dir über unser Sehen nicht Rechenschaft schuldig, sage uns zuerst, wohin du gehst." Die Begleiter des Häuptlings waren über diese Antwort sehr erzürnt, fielen über die Fremden her und töteten sie. Die beiden kleinen Männer waren Zauberer; da sie getötet waren, fiel der Häuptling tot um. Seine Leute erschraken sehr. "Warum ist unser Häuptling gestorben", sprachen sie, "wir haben die Zauberer getötet, warum ist die Strafe nicht auf uns gefallen? Rächen wir uns an dem Volk der Zappo Lumbumba, woher die Zauberer kommen; sie haben sie geschickt, den Häuptling zu töten."

Sie brachen auf, bemächtigten sich einer Ziege der Zappo Lumbumba; da sie mit ihrer Beute zurückkamen, war die Leiche des Häuptlings verschwunden, und an der Stelle, wo sie den Leichnam gelassen hatten, fanden sie einen großen Berg. Sie kehrten eilig ins Dorf zurück, das Geschehene dem Volk der Bangala zu erzählen, das sich versammelte, dieses Wunder zu sehen. Kurze Zeit danach reiste ein anderer Häuptling der Bangala namens Samba Loamba auf dem gleichen Wege. Da er auf der Höhe des Berges angekommen war, schlug er die Erde mit dem Stock und rief: "Verflucht, o Berg, der einen Häuptling verschlungen hat." Unmittelbar darnach hörte man zauberisches Lachen, der Berg verschwand, spie den Häuptling aus, an seiner Stelle blieb die große Schlucht, die man noch heute sieht.

Ursprung der Weihezeremonie (Bambala)

Es lebte einmal ein Mann, der hatte einen Sohn, und da der Junge wuchs und mannbar wurde, holte er oft Palmwein im Wald. Er trank vom Wein allein, ohne je an Vater und Mutter zu denken. Der Vater sprach zu ihm: "Warum, mein Sohn, gibst du mir niemals vom Palmwein, den du bringst?" Aber der Junge sagte: "Ich bringe niemals Palmwein, und wenn ich ihn bringe, tue ich damit, wie mir gefällt."

So belog er seinen Vater und sprach unziemlich mit ihm. Der beschloß, ihn zu strafen. Er folgte ihm zum Wald und sah ihn Palmwein nehmen. Einmal bemerkte der Mann, da er einen dünnen Palmzweig rührt, daß dieser ein trauriges Geräusch machte. Da sein Sohn eine Öffnung in den Palmbaum machte, schnitt er ein Stück solchen Zweiges und befestigte es an einer Schnur. Er verbarg sich nach Sonnenuntergang hinter den Büschen am Weg und wartete, bis der Sohn nach Hause käme. Endlich kam der mit zwei großen Kalebassen Wein auf den Schultern. Da er ganz nahe war, begann der Vater das Werkzeug zu bewegen, das er erfunden hatte. Der Knabe erschrak furchtbar, ließ die Kalebassen fallen; aller Wein war vergossen, und der Knabe lief so schnell wie möglich ins Dorf zurück. Dies wiederholte der Vater mehrere Abende und immer mit gleichem Ende. Nach einigen Tagen sprach er zum Sohn: "Was ißt und trinkst du nicht, bist du krank?" Der Sohn antwortete: "Nein, ich bin nicht krank; aber jeden Abend, wenn ich um Palmwein für meine Mutter gehe, belauert mich ein schreckliches Gespenst und setzt mich in Schrecken und Tod."

"Wie", sprach der Vater, "du bist so tapfer, du, der du so dreist zu deinem Vater sprichst, ihn belügst, fürchtest ein Gespenst? Gehe mit deiner Mutter und deinem Palmwein und beleidige den Geist, wie du deinen Vater beschimpftest." Da bereute der Sohn und bat den Vater um Verzeihung. Den anderen Tag geisterte das Gespenst nicht mehr. Dies ist Ursprung der Weihezeremonie der Nkanda.

Ursprung der Reibtrommel

Kashashi, die Frau des Königs Samba Mikepe, war hübsch und geschickt; doch wie die meisten Bangongo war sie lasterhaft. Eines Tages überraschte ihr Gatte sie beim Ehebruch mit einem Mann niederer Abkunft. Er war sehr erzürnt, steckte Federn des Kammadlers in die Ecken seines Mundes, warf sich auf den Ehebrecher und tötete ihn mit dem Messer. Da das Volk frug, was aus dem Mann geworden sei, antwortete Samba Mikepe, Koy Na Bula, der Leopard des Dorfes (das heißt die Reibtrommel), hat ihn verschlungen. Seitdem bringt man Menschenopfer bei dem Klang dieser Trommel dar.

Der Ursprung der Masken

Einige Zeit, nachdem Samba Mikepe sich mit Kashashi vermählt hatte, gebar diese ein Kind. Eines Tages ging sie aus dem Dorf, Wasser zu holen. Das Kind lief nach. Sie sagte ihm: "Gehe ins Dorf und bleibe bei deinem Vater, während ich Wasser hole." Das Kind wollte nicht gehorchen; trotz der Strafen bestand es darauf, ihr zu folgen. Da Kashashi das Kind überwachen mußte, vergoß sie das meiste Wasser auf dem Wege und war gezwungen, zum Fluß zurückzukehren; noch einmal bestand das Kind darauf, sie zu begleiten. Drohungen, Strafen, selbst vom Vater, halfen nichts. Das Kind schrie, heulte unaufhörlich, bis man ihm erlaubte, die Mutter zu begleiten. Kashashi war eine kluge Frau; die ganze Nacht überlegte sie, wie sie das Kind hindern könne, die Arbeit zu stören. Schließlich fand sie ein Mittel. In die Schale ihrer Kalebasse zeichnet sie ein Antlitz mit Farbe und häßlich. Da das Kind ihr nachlief, hielt sie die Kalebasse vor ihr Gesicht und drehte sich plötzlich um. Das Kind war erschreckt. "Das ist nicht meine Mutter, das ist ein schreckliches Gespenst", schrie es und lief ins Dorf zurück. Das war Kashashi, Erfinderin der Masken.

Ursprung der Maske Mashamboy (Bambala)

Einst lebte in den Wassern ein Geist mit Namen Mashamboy, der das Volk mit einer Krankheit Geji heimsuchte. Die von der Krankheit befallen wurden, verloren das Augenlicht, fielen nieder, als wären sie trunken und starben. Da Bo Kena Häuptling war, ging ein Mann mit Namen Bokoboko in den Wald und sah plötzlich diesen Geist. Voller Furcht rannte er ins Dorf und erzählte dem Häuptling, was er gesehen. Bo Kena befahl ihm, den Geist zu beschreiben. Bokoboko sagte: "Er ist so schrecklich, daß ich ihn nicht mit Worten beschreiben kann. Aber gib mir Zeit und Mittel, ich will ihn dir bilden." Bo Kena willigte ein. Bokoboko baute eine Hütte fern vom Dorf und begann die Arbeit. Er forderte Baststoff, Vogelfedern und das Fell einer größeren Fledermaus.

Bo Kena gab ihm die beiden ersten Dinge, befahl den Leuten des Dorfes, eine Fledermaus zu fangen und schickte ihm das Tier. Bokoboko verfertigte eine Maske, die Mashamboy glich; er nahm zwei Bäume, gewann zwei Farben, die eine gelb und die andere schwarz; mit diesen Farben und der weißen Erde bemalte er die Maske, die er gebildet hatte. Aus dem Reststoff fertigte er ein Gewand, womit er den Körper bedeckte.

Dies Gewand war schmiegsam und lag genau dem Leibe an. Es bestand aus kleinen Dreiecken von Tuch, die weiß und schwarz gefärbt und aneinandergenäht waren. Nachdem er dies beendet, zeigte er es dem König. "Ah", sagte der König, "gerade dies brauche ich." Einige Tage später verschwand der König. Seine Frauen und Untertanen beweinten seinen Tod und fragten: "Wo ist der Nijmi?" Da die Sonne eingeschlafen, erschien ein seltsam Ding; im Dorf hatte man nie vorher gleiches gesehen.

Das war der König, mit der Maske Mashamboy bekleidet; keiner erkannte ihn. Er tanzte einher und schreckte Frauen und Kinder, und endlich verschwand er. Er legte Maske und Gewand im Busch ab und verbarg sie sorgfältig. Dann ging er wie gewöhnlich gekleidet in sein Dorf, wo er freudig begrüßt wurde. Frauen und Kinder sprachen ihm von dem schrecklichen Gespenst, das sie gestern gesehen hatten. "Ich weiß, was es war, das war Mashamboy, der uns den Geji gibt. Er kam, um zu sehen, ob in dem Dorfe nicht zänkische Frauen und schlimme Kinder sind. Wenn er solche gefunden, hätte er die schreckliche Krankheit geschickt." So erschraken die Frauen und Kinder und versprachen, ruhig und gehorsam zu sein.

Der Ursprung des Eisens

Eines Tages fand Woto einen großen Stein, den Bumba, der Gott, ausgeschieden hatte. "Was ist dies?" frug er. Das Volk antwortete: "Das ist das Ausgeschiedene Gottes." Woto befahl, daß es zum Dorf getragen und verehrt werde. Die folgende Nacht schaute Woto Bumba im Traum; er sprach zu ihm: "Ihr habt weise gehandelt, da ihr alles, was von mir kommt, verehrt; selbst mein Ausgeschiedenes. Zum Lohn will ich euch lehren, wie man sich dessen bedient." Also wies Bumba, Woto, Eisen aus Gestein zu ziehen.

Wie man das Feuer entzündete

Unter der Herrschaft Muchu Mushangas lebte ein Mann mit Namen Kerikeri. Eines Nachts träumte er, Bumba sei gekommen, ihn zu sehen und weise ihm, einen bestimmten Weg zu gehen, Zweige eines gewissen Baumes zu brechen und sie sorgsam zu bewahren. Er tat es, und da die Zweige ganz trocken waren, erschien Bumba ihm von neuem im Traum, wünschte ihm Glück ob seines Gehorsams und wies ihm, durch Reiben Feuer zu machen. Kerikeri bewahrte das Geheimnis, und als durch Zufall alle Feuer des Dorfes erloschen waren, verkaufte er den Nachbarn Feuer um hohen Preis. Alle Klugen und Schlauen versuchten das Geheimnis zu lösen, doch jener wahrte es sorgsam.

Muchu Mushanga besaß eine schöne Tochter mit Namen Katenga; er sprach: "Wenn du das Geheimnis dieses Mannes zu entdecken vermagst, wirst du geehrt sein und wie ein Mann unter den Alten sitzen." Katenga lockte Kerikeri, und er verlor sich in Liebe zu ihr. Da Katenga dies sah, befahl sie, daß alle Feuer des Dorfes erlöschten, und schickte einen Sklaven, Kerikeri zu melden, er möge sie den Abend in seiner Hütte erwarten. Da alles schlief, glitt sie zu seiner Hütte und klopfte an die Tür. Die Nacht war ganz dunkel. Kerikeri ließ sie ein.

Sie setzte sich und schwieg. Der Verliebte frug: "Warum sitzt du stumm Katenga? Liebst du mich nicht?" Sie erwiderte: "Wie kann ich an Liebe denken, wenn ich in deinem Hause zittere. Geh, suche Feuer, daß ich dich sehe und mein Herz sich hitze."

Kerikeri lief zu den Nachbarn, Feuer zu beschaffen, doch diese hatten ihre Feuer gelöscht und jener kam zurück, er hatte keines gefunden. Vergebens bat er Katenga, von ihrem Verlangen zu lassen, sie bestand, daß er Feuer entzünde. Endlich gab er nach, suchte die Stäbe und bereitete Feuer, während sie aufmerksam zuschaute. Da lachte sie und sprach: "Dachtest du, daß ich, eines Königs Tochter, dich liebte um deiner selbst willen? Nur dein Geheimnis verlangte mich zu sehen, und da das Feuer jetzt errieben, kannst du durch einen Sklaven es löschen lassen." Also erhob sie sich, verließ die Hütte, kündete dem ganzen Hof die Entdeckung und sprach zu ihrem Vater: "Wo ein mächtiger König strauchelt, gewinnt ein listig Weib."

Das Licht

Da Woto Moelos Dorf verließ, war keine Sonne; es gab keine. Moelo war durch die Dunkelheit verwirrt; er klagte, so er heirate, könne er nicht sehen, ob das Weib schön oder häßlich; so er eine Frucht pflücke, könne er nicht sehen, ob sie reif sei oder nicht; wenn ein Mann sich ihm nähere, könne er nicht sagen, ob Freund oder Feind. So rief er drei seiner Leute und sprach zu ihnen: "Warum erlaubte ich Woto, das Dorf zu verlassen? Er ist geschickt und hätte gewiß ein Mittel gegen die Dunkelheit gefunden. Geht und findet ihn; bittet ihn, das Unrecht zu vergessen, das mein Sohn ihm angetan, und uns Mittel zu geben, in Helle zu sehen. Damit eure Sendung gelinge, meidet Streit und verweilet nicht, zu fischen. Merkt auf, gehet nicht fehl, versäumet euch nicht und fischet nicht an den Flüssen." Also reisten die drei Männer, die Kalonda, Binga und Buimba hießen, auf die Suche nach Woto. Sie gingen, sie gingen, bis sie zu einem großen Ufer kamen, und Binga sprach: "Laßt uns verweilen und fischen." "Nein", erwiderten die anderen, "gedenkest du nicht der Worte Moelos?" Binga wollte sie nicht hören, schalt sie und begann trotz ihrer Gegenrede zu fischen. So sahen Kalonda und Buimba, unnütz sei es, die Reise fortzusetzen und kehrten zu Moelo zurück. Da sie ankamen, frug Moelo: "Habt ihr das Licht gebracht?" "Nein", erwiderten sie, "Binga mißachtete dein Gebot, er stritt mit uns und hielt zu fischen an; so war es unnütz, weiter zu gehen, und wir kehrten zurück." Darum schlug Moelo Binga und sagte: "Du gehst nicht mehr mit den anderen." Er wandte sich zu Kalonda und Buimba: "Reiset nochmals auf Suche nach Woto und nehmt anstatt Bingas meinen Hund." So machten sie sich wieder auf den Weg, diesmal mit Moelos Hund.

Da sie zum Ufer kamen, bauten sie ein Boot und begannen zu fahren, bis sie kamen, wo die Ufer von hohen Felsen umschlossen waren. "Was sollen wir tun?" sagten sie, "diese hohen Felsen hindern uns zu landen." Kalonda fiel ein, den Hund suchen zu lassen; wo des Menschen Weisheit endet, beginnt die Klugheit des Tiers. Wirklich fand der Hund einen engen Pfad zwischen den Felsen, und die Männer folgten. Sie kamen zum Ort, wo Woto war. "Was wollt ihr", sprach Woto, "ihr Leute Moelos habt mich von meinem Haus verjagt, könnt ihr mich nicht in meiner Zuflucht friedlich lassen, wohin ich kam, meine Schande zu bergen?"

"Dein Bruder", erwiderten sie, "ist sehr unglücklich; er klagt, so er eine neue Frau nähme, nicht sehen zu können, ob sie hübsch sei oder nicht; so er Früchte pflückt, kann er nicht sehen, ob sie reif sind oder nicht; so ein Mann sich ihm nähert, kann er nicht sagen, ob es Freund oder Feind ist. Er bittet Euch zu gedenken, daß Ihr von der gleichen Brust kommet und ihm im Elend zu helfen." Woto sagt: "Geht schlafen." Den anderen Tag ruft er sie und gibt ihnen drei Vögel: einen Kuckuck, einen Hahn und einen Japodya. "Bringt diese Vögel meinem Bruder, und wenn ihr in sein Dorf kommt, laßt sie fliegen und geht schlafen. So ihr den Kuckuck hört sagen Ku Ku, rührt euch nicht; so ihr den Hahn rufen hört Katariko, rührt euch nicht; so ihr aber den Japodya schreien hört Zuaa, Zuaa, dann öffnet eure Hütten und schaut."

Sie nahmen die Vögel, kehrten zu Moelo heim, und man tat, wie Woto geboten. Den anderen Tag schrie der Kuckuck, und niemand wich; dann hörte man den Hahn schreien Katariko, und niemand wich. Der Himmel nahm eine rötliche Farbe und die Dinge wurden sichtbar. Da der Japodya sang Zuaa Zuaa, öffneten sie die Türen ihrer Hütten und sahen das schöne Aufstehen der Sonne glänzen.

Der Palmwein

Zur Zeit der Schöpfung war ganz nahe der Gegend, wo die Bushonge wohnten, ein großer See, und dieser See enthielt Palmwein, nicht Wasser; jedesmal, wenn einer dürstete, ging er, Wein zu schöpfen. Eines Tages pißte Nanchamba, ein Weib, in den See. Doch wurde sie von Boyo Bumba, einem Manne, gesehen; der sprach: "Schämst du dich nicht, den See zu besudeln, woraus alle trinken? Ich sage den Dorfleuten, was du getan hast." Er tat es, und alle sprachen, sie tränken den Wein des Sees nicht mehr. Den anderen Tag kehrte Boyo Bumba in das Dorf zurück und sagte: "Seht, wie wir für das Vergehen des Weibes gestraft sind, der See ist vertrocknet." So war es; der See war verschwunden, und an seiner Stelle war eine Schlucht, worin man vier unbekannte Arten junger Bäume sah. Sie nannten die Bäume Shamba, Mibondo, Ikori und Djana. Doch achteten sie ihrer nicht und beweinten den Verlust ihres Sees.

Die Jahre vergingen. Die Bäume wuchsen breit auf und wuchsen, wo der See gewesen, zum Wald. Eines Tages sprach Bunyi, ein Motwa, zu sich: "Wohin ist der See gegangen; ist er nicht von den Bäumen aufgesogen? Ich will in sie ein Loch machen, und ich werde sehen, wem ihr Saft gleicht." Er ging, kletterte auf einen Baum und machte ein Loch bei der Spitze; aber es floß kein Saft. Er kehrte heim, entschlossen, das Suchen aufzugeben; in einem Traum erschien ihm ein Mann und sprach: "Ein guter Einfall gilt nicht ohne Ausdauer. Geh und versuche noch einmal." Den andern Tag ging Bunyi zu dem Baum und sah einen dünnen Faden Saft, der aus dem Loch floß, das er gebohrt; er kostete und fand Süßes; so hing er ein Gefäß auf, die Tropfen zu sammeln und kehrte zum Dorf zurück, doch sprach er nichts von seinem Fund. Jeden Tag nahm die Menge des Saftes zu, wurde stärker, und jeden Tag hatte er ein größeres Gefäß hinzusetzen, das Fließende zu sammeln. Eines Tages, da er den Inhalt seines größten Gefäßes getrunken hatte, kam er trunken in das Dorf; er belästigte viele und wurde vor den Nyimi gebracht. Der Nyimi befrug ihn um die Ursache seines sonderlichen Betragens, doch Bunyi verweigerte Auskunft, wenn nicht im Geheimen. Dies war bewilligt, und da er seine Geschichte erzählt, schickte der König einen Boten, zu prüfen, ob er wahr gesprochen. Da die Erzählung erwiesen wurde, verkündete der Nyimi dem Volke das Geheimnis und alle gingen Palmkerne zu sammeln und pflanzten sie im ganzen Land.

Der Selbstmord

Badja, ein Mann, ging mit seinem Sohn in den Wald. Der Sohn starb plötzlich im Walde, und der Vater kehrte allein in das Dorf zurück. Da er kam, frugen ihn die Leute: "Badja, wo ist Euer Sohn?" Er erwiderte: "Er liegt tot im Wald." "Wie", antworteten sie, "du läßest deinen Sohn im Wald sterben und wagst es, dich noch im Dorf zu zeigen; unverzüglich kehre in den Wald zurück und lasse dich hier nicht mehr sehen." Also ging Badja wieder in den Wald, irrte umher und wußte nicht, wie sich lassen. Endlich schrie er: "So will ich nicht mehr leben; wie kann ich sterben?" Er nahm eine lange Liane, knüpfte das eine Ende an einen Ast, kletterte hoch und rollte das andere Ende um den Hals. Als er dies getan, schleuderte er sich ins Leere.

Succubus

Es waren zwei Brüder, Ganda und Lusumba; sie hatten eine Schwester. Sie lebten zu dreien im Wald, fern von allen in einer einfachen Hütte, wie es damals Brauch war. Eines Nachts kam ein Geist und verband sich der Schwester; sie wurde schwanger. –

Da Bruder Ganda es wahrnahm, ging er zum Bruder und sprach: "Lusumba, welche Schmach, du hast unsere Schwester geschändet." Dieser wies die Anklage zurück und beschuldigte Ganda. So dauerte Zwietracht; ein jeder war von der Schuld des anderen fest überzeugt. Alle drei starben in Schande.

Baluba

Erschaffung der Welt

Ein alter Häuptling in Kukiga erzählt:

Kabezya-Mpungu, das höchste Wesen, hat den Himmel geschaffen, die Erde und zwei vernunftbegabte Wesen, Mann und Frau. Diese beiden lebenden Wesen, die Kabezya-Mpungu kannten, hatten nicht Mutima (Herz, kein lebenerhaltendes Prinzip), und sie vermochten noch nicht zu zeugen. Kabezya-Mpungu hatte vier Kinder: Sonne, Mond, Finsternis und Regen.

Eine Weile nach der Schöpfung rief Kabezya-Mpungu die vier Kinder und sprach: "Ich will nicht, daß Menschen mich länger sehen. Ich kehre in mich zurück und sende Mutima. Aber vor dem Abschied will ich wissen, was du, Regen, treiben willst."

"Ah", erwidert Regen, "ich denke, so will ich einmal beginnen, unaufhörlich zu strömen und alles unter Wasser zu setzen."

"Nein", antwortet Kabezya-Mpungu, "tue nicht so. Sieh diese beiden", er wies auf die Menschen, "vermöchten sie im Wasser zu leben? Wechsle mit Sonne ab. So du die Erde reich begossen hast, überlasse Sonne die Arbeit, den Boden zu erwärmen."

"Wie wirst du dich aufführen?" wandte Gott sich zur Sonne.

"Ich denke, hoch zu steigen und alles unten zu verbrennen."

"Nein", erwiderte Kabezya-Mpungu, "so ist's nicht gut. Wie willst du, daß die Menschen, die ich schuf, sich Nahrung bereiten. So du die Erde angemessene Zeit erwärmt, gib dem Regen Raum, damit er den Boden erquicke und die Früchte der Erde feuchte."

"Und du, Finsternis, was wünschst du?"

"Ich rechne immer zu herrschen", war seine Antwort, "und alles in völliger Finsternis zu lassen."

"Erbarmen", rief Gott, "wie, du willst, daß diese Wesen, die Löwen, Tiger und Schlangen, die auf der Erde wohnen, nichts wahrnehmen? Höre, lasse dem Mond Zeit, die Erde zu beleuchten, und wenn du ihn in seinem letzten Viertel siehst, dann herrschst du aufs neue auf der Erde. Doch zu lange zögere ich, ich gehe."

Darauf verschwand Kabezya-Mpungu. Es erschien darauf das Herz, in einem kleinen, handgroßen Gefäß.

Das Herz schrie und wandte sich gen Sonne, Mond, Finsternis und Regen: "Kabezya-Mpungu, unser Vater, wo ist er!"

"Vater ist fort, und wir kennen nicht den Weg, den er ging."

"Gewaltig sehnte ich mich", erwiderte das Herz, "mit ihm zu sprechen. Da ich ihn nicht finden kann, trete ich in diesen Mann. So wandere ich von Geschlecht zu Geschlecht." Tat es, und der Mann erkannte sein Weib, das ihm Knaben und Mädchen gebar, alle mutima-begabt.

Wandergeschichte

I

Wwamba, Fürst der Babemba, erzählt:

Vor Zeiten lebten die Weißen und die Lubuleute zusammen in Uluba (Uruwa). Sie hatten einen gemeinsamen Vater, der ließ sie hart arbeiten. Die Söhne wurden dessen müde. Kitinkulu, der älteste, und die anderen, welche alle Häuptlinge von Dörfern waren, erhoben sich, süßeres Leben zu suchen. Die weißen Baluba fuhren über das Meer und gingen nach Europa, wo sie viel Gutes fanden. Als wir aber an das Meer gekommen waren, fürchteten wir uns, und Kitinkulus Sohn starb. In den Felsen am Meere fanden wir eine alte Frau. Wir baten sie, den Sohn des großen Häuptlings zu begraben. Wir kehrten dann den Weg unserer Flüsse zurück, kamen nach Uluba zurück, Kitinkulu verteilte das Land an seine Brüder. Sie töteten viele Leute; am Ende sprachen sie: "Wenn wir die ganze Welt töten, mit wem werden wir bleiben?" So ließen sie ab, zu töten und zu verstümmeln. Die Leute sammelten sich um die Häuptlinge und schufen das große Volk der Babemba.

II

Es ist sehr lange, da kam Kahatwa Zazalis Sohn, mit seinen zwei Frauen von weither, jenseits des Lomami, um am Kisalesee sich niederzulassen. Alle drei entstammten dem Geschlecht der Bwina Mbayo. Sein Weib Ndai war vom Stamm der Benaluba (Baluba).

Sie schenkte einem Sohn den Tag und nannte ihn Kongolo; dann zwei Töchtern, Bulanda und Keta. Alle waren roter Farbe. Die Erde war noch weich.

Bulanda heiratete einen großen Häuptling, der aus Osten kam. Er hieß Kakenda. Sie empfing einen endlos klugen Sohn, Kalala-Ilunga; der tötete seinen Oheim Kongolo und folgte ihm in der Würde nach. Er zeugte Söhne: Ilunga-Nsungo, Ilunga-Kabale und Kibanza. Nach seinem Tode hielten sie gemeinsam das Land zwischen Lualaba und Lomami. Ihre Nachkommen beherrschen es noch heute.

Ursprung der Gewalt der Häuptlinge von Urua

Ehemals, das ist fern in den Zeiten, kam Kahatwa, Sohn des Zazali, aus fernem Land, jenseits des Lomami gelegen, nach dem Westen. Er besiedelte die Ufer des Kisalesees, am Strand von Kamelondo. Seine zwei Weiber und er gehörten zur Familie der Bwina-Mbayo. Die eine der Frauen blieb unfruchtbar; so ist ihr Name vergessen. Die andere hieß Ndai und war vom Stamm der Benaluba oder Baluba. Seit ihrer Geburt war sie Kongolo, dem Geist, geweiht. Kongolo ist ein Doppelwesen, gestaltet aus zwei Schlangen, Männchen und Weibchen. Beide leben an verschiedenen Ufern; von Zeit zu Zeit vermählen sie sich über unseren Häuptern. Ihre Einigung schimmert hellfarben über den Menschen. Das ist der Regenbogen (auf Kiluba: Kongolomwamba).

Ndai empfing von ihrem Gatten und gebar einen Knaben und weihte ihn dem Schutzgott ihres Geschlechts. Dann gebar sie zwei Töchter, deren eine sie Bulanda nannte, das heißt "Armut", die andere Keta, das ist "Wenig Fleisch". Mit ihnen lebte auch ihre kleine Nichte, Bubela, das heißt Lüge. Die ganze Familie war von sehr roter Farbe. In dieser Zeit war die Erde weich. Die Sohle des Mannes und der Huf der Antilope schnitten die Felsen und ließen dort ihr Bild. Einen Ahnen dieses Geschlechts, es war Kyomba, lehrte der große Geist, der alles erschaffen, das Feuer und die keimende Kraft des Korns.

Eines Tages ging Bulanda zum See, Wasser zu schöpfen. Sie erstaunte, dort einen Unbekannten zu treffen; er trank. In der Hand hielt er Bogen, Pfeile und Lanze; ihm zur Seite gingen Hunde. Das war ein Jäger, vom Tanganika gekommen; er hieß Mbili. Bulanda kam und grüßte. Dann frug sie, wer er sei, woher er komme und wohin er gehe. Der Fremde antwortete nicht, trank weiter, als ob nichts wäre. Erstaunt lief Bulanda, ihrem Bruder Kongolo-Mwamba zu erzählen. "Komm schnell, eile zum See", sprach sie, "da ist ein Fremder, wie ich ihn nie gesehen; er redet nicht."

Der Bruder kam zum See und begann den Fremdling zu befragen, doch vergebens. Tief verwirrt ging der Bruder in den Busch, den Zauberer zu befragen, der die Orakel des Geistes Banza verkündet; solchen Spruch gewann er: "Der Fremdling ist Kakenda, der starke Jäger und König des Ostens aus dem Lande Kibawa. Die Jagd nach Wild zog ihn ins Weite. Baue ihm eine heilige Hütte, umgürte sie mit einer Palisade aus Zuckerrohr; lege in den Herd Holzbrand, dann bitte ihn, einzutreten." Mwamba eilte das Gebot zu erfüllen; schnell lud er den Fremden ein.

Diesmal willfahrte Kakenda dem Wunsch der Gastfreunde, trat in die Hütte und bald sprach er vertraulich. Ndai bereitete mit den Töchtern das treffliche Mahl, das zu verzehren er geruhte. Mwamba bat ihn, einige Tage mit ihnen zu verbringen; er willigte ein.

Eines Tages, da schaute König Kakenda Bulanda, sie ging allein zum See; er näherte sich und sprach zu ihr:

"Bulanda, dich habe ich lieb, willst du mein Weib sein?" Das Mädchen willigte ein; sie heirateten. Bald sah sie, daß sie Mutter werde. Dies sagte sie dem Gatten. Kakenda, glücklich, sprach zur Frau und der Familie Kongolos: "Mein Weib hat empfangen, nichts hält mich mehr zurück, ich kehre in mein Reich." Er ging. Die Frau gebar einen Knaben; sie nannte ihn Kalala Ilunga. Kaum war das Kind zur Welt gebracht, wurde es sehr stark. Es rief: "Ich bin das Kind, dem, am Morgen geboren, am Abend um seiner Taten willen gehuldigt wird."

Wenig Stunden nach der Geburt spielte Kalala Ilunga mit den Kindern der Leute des Kongolo-Mwamba und erfand das Petaspiel.

Er sah, daß er zu handeln stark sei, er schrie: "Lang ist es, daß ich geboren, tapfer bin ich und stark." Er wanderte in den Wald zu neuen Taten.

Er irrte im Herzen der Wälder; da sah er ein Heer Ameisen einen Termitenhügel plündern; jedwedes Tier schleppte in seinen Fängen einen erlegten Feind. Da sprach er zu sich: "O diese winzigen Käfer sind mutig zum Angriff, andere Käfer zu töten und zu fangen; und ich, Kalala, vermöchte nicht Gleiches. Nein, ich gehe, Männer zu erlegen und zu fangen."

So kehrte er in das Dorf zurück, tötete viele Leute des Kongolo, andere fing er, schleppte sie in den Wald und zwang sie, ihm zu dienen. Dies erfuhr Kongolo und zürnte: "Er tötet und fängt meine Leute", schrie dieser, "wohl, ich werde ihn töten." Er wartete, schwieg und verbarg die tödlichen Pläne in seinem Herzen. –

Viele Tage vergingen, die Sache war wie vergessen. Kongolo aber dachte auf Rache. Eines Tages gräbt er mitten im Dorf eine tiefe Grube, bedeckt sie mit Matten, legt Blumen und Erde darüber; so geschickt, daß nichts zu merken war. Dann lädt er den Neffen ein, Bier zu trinken und zu tanzen. Kalala nimmt an: zur angesagten Stunde leert jedermann in lärmender

Freude die zahlreichen Krüge Maisbier. Dann beginnt man den Tanz. Kongolo führt die Reihe, hurtigen Schritts, abgestuft: er windet und krümmt sich in zierlicher Kurve, er führt die Reihe der Tänzer. Niemals tanzte ein Muluba so makellos. Die freudige Gesellschaft geht, kommt, tanzt Zickzack, Kreise und Spiralen, die sich zierlich öffnen und schließen. Wenig, um geringes nähern sie sich der Grube des Geschicks. Der Neffe folgt dem Oheim Bauch an Rücken. Jähen Sprungs, wie befohlen durch die Satzungen des Tanzes, steht Kongolo auf der anderen Seite. Kalala wird in die Falle stürzen. Er aber, vorbedacht, mißtrauisch bei fröhlichen Augen, mißt jeden seiner Schritte. Unbeachtet schlägt er leise mit der Lanze den Boden. Hier, da weicht der Boden seiner Lanze. Er erkennt, weiß nun die Falle. Wütend kehrt er sich rückwärts und spricht zu Kongolo:

"Oheim, Kongolo, hier die Grube, die du zu meinem Tod gerichtet. Gut. Hier kann ich nichts tun. Nun aber gehe ich, Vater Kakenda erzählen; dann sieh zu, wer der Stärkere ist."

Er ging über Feld. Stieg das rechte Ufer des Kamelonda hinab bis zum Kilubadorf, wo der Luaba sich eint (Ankoro).

Er forderte eine Piroge und setzte über. Kongolo zögerte zu Beginn, dann beschloß er die Verfolgung, Kalala zu töten, ehe der den Vater um Hilfe gebeten. Auch er kam zu Kiluba, aber vergebens bat er um eine Piroge, überzusetzen. Kalala hatte den Häuptling des Dorfes gewarnt:

"Siehst du einen ganz roten Mann kommen, laß ihn nicht überfahren; denn er verfolgt mich, mich zu töten, mich, den Sohn des Königs von Kibawa, des großen Jägers von Osten."

Kongolo wollte um jeden Preis übersetzen. Er befahl seinen Kriegern, Bündel von trockenem Gras zu einem Floß zu binden, die Überfahrt zu versuchen. Mehrere versuchten das gebrechliche Fahrzeug; kaum aber waren sie vom Ufer entfernt, kenterten sie und verdarben. Andere unternahmen gleiches Beginnen, alle erlitten gleiches Los. Sein Rat sprach zu ihm also:

"Warum verharren wir überzusetzen. Dein Neffe wandert schon weit, wir werden ihn nicht mehr erreichen. Kehren wir heim."

Kongolo schmeckte der Spruch; ehe er abzog, versuchte er eine letzte Mühe, rief den Schläger des Tam-Tam und sprach:

"Hier steht eine starke, hohe Muvula, klettere in ihren Gipfel, schlage dort das Tam-Tam mit aller Kraft, meinem Neffen zu sagen, er möge zurückkehren, sich mit mir zu versöhnen."

Der Schläger des Tam-Tam stützt gegen den Muvula eine mächtige Stange und hißt sich zum Gipfel. Mit Wut schlägt er die Trommel; dann hält er an und lauscht. Der Schläger des Neffen antwortet nicht. Er schlägt die Flanken der Trommel voll Zorn; er hält an und lauscht. Nichts. Gewiß ist Kalala sehr weit. Entmannt vor Zorn befiehlt Kongolo, die Stange umzustoßen. Der unselige Schläger vermag nicht mehr niederzusteigen und stirbt im Baum.

Der Oheim will einen Weg durchs Wasser schaffen. Er läßt Steine sammeln, Felsen losbrechen, sie ins Wasser zu werfen. Seine Männer mühen sich mit Kraft. Viele kommen um. Entmutigt, niedergebrochen, beschließt Kongolo heimzukehren. –

Es überflutet seine Seele schwere Angst; er spricht zu sich:

"Schrecklich wird die Rache des Neffen sein, nicht wird sie zaudern. Gewiß wird Kalala-Ilunga kommen, mich zu töten. Fliehen wir, uns in die Höhlen des Gebirgs zu bergen."

So lebte Kongolo, ein Flüchtling, auf den Bergen Mita, von einer Höhle zur andern fliehend. Inzwischen erreichte Kalala den Vater Kakenda und eröffnete ihm den Beschluß, den Oheim zu töten. Kakenda weigerte sich, an dem Verbrechen teilzunehmen. Kalala kehrte zurück, entschlossen zur Rache gegen alle. Er kam in Kongolos Dorf; die Häuser standen leer. Er lief zum Berg, durchstöberte die Täler und jegliche Höhlen. Da schließlich fand er den Flüchtling. Mit dem Schlag des Messers köpfte er ihn. Das Haupt hüllte er in Raphiagewebe, legte ihn in einen Korb mit kegligem Deckel, baute einen kleinen Tempel aus Stroh und legte dort die Reliquie nieder. Seit diesem Tag ruht die Gewalt der Fürsten, das Bufumu in der Hütte der gestorbenen Seelen. Der Neffe folgte dem Oheim in der Würde und vereinigte in sich Bufumu und heiliges Blut (Bulohwe). Seit diesem Tag ist die Person des Fürsten von Blut geheiligt.

So setzte Kalala die heilige Macht in das Land der Baluba ein. Kalala-Ilunga zeugte mehrere Söhne, Ilunga-Usungo, Ilunga-Kabale, Kibanza usw. Beim Tode des Vaters teilten sie untereinander das Reich zwischen Lualaba und Lomami. Ihre Nachkommen bewohnen es heute noch, und dies ganze Gebiet steht unter der Gewalt der Könige der Benaluba aus der Familie Kongolo Mwamba.

Wandergeschichte
III

Mwembesi, aus dem Geschlecht der Kasanga, Häuptling eines Dorfs in den Kirunguhügeln, erzählt:

Die Familie der Kasanga siedelte sich vor Zeiten im Masauraland an. Damals war das Land, glaube ich, ohne Menschen. Die Eingewanderten vermehrten sich, bevölkerten und erfüllten bald das ganze Gebiet. Einige von ihnen zogen weg. Die einen zog es nach den Höhen von Marungu, die anderen wanderten den Tanganika entlang. Unter diesen waren zwei junge Batabwa, Bruder und Schwester. Sie hielten mit ihrem Gefolge am Ufer des Sumpfes Lunga, unweit des Caps Tongwe. Dort fanden sie einige Leute, jedoch wenige.

Diese Menschen waren ihnen verwandt; einer darunter war ihr jüngster Bruder. Die Schwester hatte Wunden; der ältere Bruder sprach zu ihr: "Du, meine Schwester, bleibe hier, damit ich nach Masaura gehe, zu suchen, was wir zurückgelassen haben." Er ging. Zurückgekehrt, findet er die Schwester verheiratet, und ihr Gemahl war der eigene jüngere Bruder. Der Ältere sprach: "Ist das Land so eng, daß der Bruder sich der Schwester vermählen muß?" Indes begann der Krieg. Endlich legten sie die Waffen nieder; die Familie der Kasanga war nun in mehrere Zweige geteilt. Die Leute vom Lungasumpf wurden Luluwya, die Verlorenen, genannt; die zu den Marunguhügeln zogen, nannten sich Bakwakilunga; dann gibt es noch Bakwakisanza, Bakwamanda und Bapemba. Der Hauptzweig, die Leute des älteren Bruders, nannten sich Bakalanga; dieser behielt den Stammnamen Bakasanga. Sie zogen nach dem nördlichen Teil des Landes am Tanganika; das Land, das Utumbwe heißt und von Murumbi bis Rutuka über die Marungahöhen sich hinzieht bis Urua und den Buolvolo. Darum heißen die Bakasanga, die in Utumbwe wohnen, Batumbwe; während die Bakasanga von den Marungubergen Bena Marungo heißen. Ihre Sprache ist das Kitabwe, das von einem zum andern Land nur wenig sich ändert. Im Land Utumbwe wurde Lusinga und sein jüngerer Bruder, Tumbwe geboren; sie wurden die Häuptlinge der beiden großen Familien.

Vom Ursprung der Bruderschaften Buyangwe, Kabwala, Balumba

Eines Tages, da jagte Kazula, ein Anwohner der Luowaufer, in den Bergen Suya. Er verwundete ein Wildschwein, das Maniok ausscharrte. Das Tier vermochte trotz der Wunde zu entkommen und in eine Höhle zu flüchten. Der Jäger verfolgte es und drang ihm ins Dunkle nach, hoffend, es zu erlegen. Er staunte sehr, da der Boden unter den Füßen ihm sank und er in dichter Finsternis allein stand, ohne Hoffnung herauszugelangen. Einige Zeit kroch er tastend, um der schrecklichen Unterwelt zu entkommen. Da er das Vergebliche seiner Mühe sah, verzweifelte er. Plötzlich erschien seinen Augen seltsames Spiel. Im Vordergrund, ihm ganz nahe, stand sein verstorbener Bruder; der sah ihn mit großen Augen an. Hinter seinem Bruder ein Geleit von Traumgestalten; unvernichtbare Wesen in durchsichtigen sonderlichen Gewändern; sie vollführten Chöre und Totentänze. Nach kurzem Besinnen erkannte der Tote Kazula und sah, wie auf dessen Gliedern Perlen kalten Schweißes standen und seine Knie vor Schreck zusammenstießen. Er sprach mit der Stimme des Grabes, die er zu versüßen versuchte:

"Bruder Kazula, willkommen bei uns. Sehr bin ich verwundert, dich lebenden Körper bei uns zu sehen. Woher kommst du? ... Ich sehe, du fürchtest dich, unser Anblick schreckt dich. Zittere nicht. Du siehst das Land der Toten, die Ahnen unseres Geschlechts. Wir sind versammelt, die Tänze des Buyangwe, Kabwala und Balumba auszuführen. Das ist unsere Weise, in der kalten Unterwelt uns zu vergnügen. Fürchte dich nicht, Kazula, niemand wird dir Schlimmes tun."

Er sprach noch, als die Versammlung der Gespenster, einen Augenblick verwirrt durch den Anblick des Fremden und die Rede des Häuptlings, mit Hingebung ihre Tänze und Chöre wieder aufnahm.

Zazula war durch die Rede des Bruders beruhigt, ebenso durch die Fröhlichkeit der Toten. Allmählich fühlte er die Knie erstarken, sein Herz schlug weniger wild, seine Kehle wurde frei. Endlich wurde er ganz voll Muts und betrachtete freudig das sonderliche, ihm neue Spiel. Er wandte sich an seinen Bruder:

"Mein weiland Bruder; sehr liebe ich eure Chöre und Tänze. Schade, daß niemand auf der Erden sie kennt. Gewiß möchte ich sie führen."

"Was du wünschst, ist möglich. Wenn du willst, schlage ich den Alten vor, dich zur Weihe, zu unseren Tänzen zuzulassen. So kannst du Chöre und Tänze auf der Erde lehren."

Gesagt, getan. Die alten Gespenster waren glücklich, ihren Nachkommen die Kenntnis ihrer wundersamen Freuden zuübersenden, freudig stimmten sie dem Vorschlag ihres jungen Häuptlings bei. Dieser begann in solchen Sätzen:

"Kazula, mein Bruder, wir werden dich weihen. Nur mußt du uns ein Ding erstatten."

"Wohl möglich; ich trage an meinem Gürtel eine Rolle Mitunda (blaue Glasringe). Nimm sie alle."

"Nicht dies. Was könnten wir hier mit Perlen machen. Wessen wir bedürfen: bewirte uns mit einem guten Mahl. Hole drum zwei große Körbe Maniok und sechs Hühner. Das genügt."

"Gleich gehe ich. Jedoch wie herausgelangen, da vor mir undurchdringbare Mauern stehen."

"Das kümmere dich nicht, Bruder Kazula. Verwundetest du nicht einen Eber, führte er dich nicht hierher? Dieser Eber ist nicht, wie du denkst, ein gewöhnliches Tier. Er ist mutumbe (ehrenwert). Er ist der Geist eines alten Muluba. Er versteht all deine Worte. Sage ihm, wohin zu gehen und was zu tun ist." Auf ein Zeichen des Häuptlings erscheint der Eber und stellt sich Kazula zur Seite. Dieser spricht:

"Dort, jenseits des Sumpfs, steht eines meiner Felder in voller Blüte. Nimm Maniok, soviel du tragen kannst. Dann geh zum Dorf und nimm sechs meiner Hühner. Fürchte nichts, denn meine Frauen sind allein im Hause."

Der Eber geht. Einige Stunden später kehrt er zurück, beladen mit Maniok und Hühnern. Er berichtet dem Häuptling, daß Kazulas Weiber ihn hart beschimpften, doch keine wagte es, ihn zu vertreiben.

Beim Anblick der Nahrung wurden alle fröhlich. Alle beeilten sich, den Hunger zu stillen, der sie verzehrt. Alsbald versanken sie in tiefere Unterwelt, wo unzählige Fetische, Talismane und seltsame Gewänder angehäuft waren. Kazula folgte ihnen. Der Häuptling spricht zu seinem Bruder:

"Hier sind alle Ingredienzien des Buyangwe, Kabwala und Bulumbu vereint. Hier ruhen unsere Bruderschaften. Ich will dich in ihre Mysterien einweihen. Welche der drei ziehst du vor?"

"Welche sollte ich wählen. Jede der Bwanga gefällt mir gleicherweise." (Bwanga heißt Medizin, gleichviel ob magische oder natürliche.)

"Wohlan, wir werden dir alle enthüllen."

Sogleich weihen sie ihn ein in Buyangwe, dann in Kabwala, dann in Bulumbu. Nach vollendeten Weihen spricht der Häuptling:

"Jetzt haben wir dir, Kazula, keine Geheimnisse mehr zu enthüllen. Deine Anwesenheit hier ist nutzlos. Kehre auf die Erde zurück. So du diese kalte Unterwelt verlassen, halte einen Tag völlige Ruhe. Dann reibe dir den Körper mit weißer Erde, um den Hals lege dir Ketten aus gereihtem Schilfrohr. Auf das Haupt stülpe dir einen Helm, wie du ihn bei uns sahst, dann durcheile die Pfade, singe unsere Sänge und schwinge die Klappern. Mutumbe wird dir den Weg weihen. Folge ihm."

Kazula, ganz beglückt, dankt den frohen Gespenstern, und, vom Eber geleitet, kehrt er mühelos zur Erde zurück.

Getreu der Übereinkunft ruht er einen ganzen Tag. Dann kleidet er sich in die neue Tracht, singend und tanzend zieht er, die Klappern in der Hand, zum Dorf des Häuptlings Mbuli. Der Häuptling vernahm den seltsamen Klang und lief zu schauen, was auf dem Pfade käme. Bald stand er vor dem verzückten Kazula. Das blendete ihn, dieser seltsame Tanz, der wundersame Aufputz, die wütenden Klappern. –

"Unbekanntes, wer du auch seist", sprach er, "mögen deine Geister dich bewahren. Doch sage mir, was bezeichnen diese Sänge, dieser Tanz, dies Gewand, diese Klappern?"

"Was ich tue, Häuptling Mbuli, du kannst es nicht begreifen. Wisse, daß ich vom Land der Toten zurückkehre, den Buyangwe tanze, den man mich dort gelehrt."

"Und sollte ich dir all meine Weiber und Sklaven geben, ich will, daß du ihn mich lehrst."

"Wohl, es sei. Du zahlst nicht teuer. Gib mir einige Hühner und Perlreihen, sogleich enthülle ich dir den Bwanga." Häuptling Mbuli ließ sich nicht bitten. Er läuft zum Dorf, das Verlangte zu holen, sogar eine Schüssel voll Suppe, und kehrt zu Kazula zurück. Beide beginnen mit dem Essen. Eine Weile nach dieser Mahlzeit weiht Kazula Mbuli in alle Geheimnisse des Buyangwe ein. Der Häuptling, zufrieden und glücklich, beschließt, in sein Dorf zurückzukehren.

"Mbuli, mein Bruder", spricht Kazula, "das ist nichts im Vergleich zu dem, was ich sah. Noch vieles bleibt dir zu erkennen übrig, doch ich kann es dir nicht enthüllen. So du willst, wandern wir zusammen zum Berge Suya, zur Pforte des Totenlandes; ich stelle dich meinem Bruder vor, der dort allen Bwanga befiehlt. Gewiß lehrt er dich das übrige, wenn du ihm einiges erstattest."

Mbuli, aufgestachelt, zeigt sich zu allem bereit. Er holt Hühner und Maniok, so viel er tragen kann, und folgt Kazula zu der Höhle der Toten. Die beiden versinken in die Tiefe. Zum Ende der Wohnung gelangt, sehen sie den Eber kommen. Sie folgen ihm und bald gelangen sie zu den frohen Geistern, die immer zu Chor und Tanz vereint sind.

Kazula spricht:

"Meine Väter, meine Ahnen; ich führe zu euch den Häuptling Mbuli, der sich sehnt, alle Bwanga zu erkennen. Er bringt den Entgelt."

Glücklich über solchen Lohn stimmt der Häuptling der Brüder gern zu; er enthüllt ihm die Gebräuche des Kabwala und des Bulumbu, unterrichtet ihn in der Kunst, das schlechte Los zu werfen, die Ursache der Krankheiten zu entdecken und Talismane anzufertigen, alle Zauberei der Welt zu vernichten. Dann verabschiedet er ihn mit den Worten:

"Du bist jetzt gänzlich eingeweiht; enthülle unsere Geheimnisse jeglichem, der wie du zu einer der drei großen Bwanga sich weihen läßt. Lebewohl."

Mbuli, auf dem Gipfel der Freude, kehrt in seine Dörfer heim. Mühelos gewann er zahlreiche Anhänger und wurde nach kurzer Zeit der berühmte Häuptling der Buyangwe, Kabwala und Bulumbu. Mbuli ist seit langen Jahren tot. Seine Macht und seine Titel gingen auf die gesetzlichen Nachfolger über. Heute wird noch einem von diesen von allen Gliedern der Bruderschaft gehuldigt. Dies ist das große Geheimnis der Häuptlinge der Bruderschaften.

Entstehung des Mikisi Mihake

Eines Tages suchte Ngoy Nkulu, den Geist, auf; sprach zu ihm: "Großer Geist, siehst du nicht, wie elend die Menschen sind? Krankheit, Kriege, Hungersnöte quälen die Hilflosen. Gib mir ein Heilmittel gegen solche Leiden." Nkulu willfahrte seiner Bitte. Er nahm vom Grunde des Kilasees, seinem Wohnort, eine daumenlange Statuette, bestimmt als Vorbild (Kanon) zu dienen. "Ngoy", sprach er, "hier gebe ich dir das untrügliche Heilmittel gegen jegliches Leiden. Gehe zu den Menschen und sage ihnen, sie sollen Fetische verfertigen wie diesen. Dann bringe sie mir." Ngoy erfüllte das Gebot. Er rief Bwana Kilumba, den Zauberer, und lehrte ihn, ähnliche Bilder zu verfertigen. Der Zauberer verfertigte solche in verschiedenen Nachahmungen und gab sie Ngoy, der sie Nkulu überbrachte.

Dieser teilte das Wissen und die zauberischen Formeln mit, die Ingredienzien in die Fetische zu legen, er bestimmte die Macht der Geister und gebot den Toten, deren Knochen und Ingredienzien vermischt sind, Gesellschafter der Geister zu sein, ja selbst die Boten ihrer Macht zu sehen.

Legende

Ganz zu Beginn lebten auf der Erde ein Mann und eine Frau. Eines Tages geht die Frau in den Wald, Holz zu sammeln. Bei einem dichten Busch vernimmt sie Geräusch in den Zweigen. Erstaunt wendet sie sich. Eine Stimme dringt aus dem Dickicht und spricht: "Komme hierher, ich habe dir ein Ding zu sagen, ein Geheimnis zu enthüllen." Die Frau, neugierig zu erfahren, was dies sei, nähert sich und schaut auf einer Staude ein seltsames Wesen; wie ein Drache. Sie geht noch näher und spricht: "Wer bist du und was willst du mir?" Die Stimme antwortet: "Ich bin Kizimu und bringe dir große Wohltat. Hier zwei Früchte, die Kostbares umschließen. Hüte dich, sie zu öffnen. Zuvor muß dein Gatte die seine empfangen haben; denn jedem von euch ist eine Frucht bestimmt. So du dem Gatten die ihm zugedachte Frucht gegeben, so nimm deine und öffne sie. Schütte dir den Inhalt auf den Hals, und du wirst zufrieden sein."

Die Frau nimmt die Frucht und kehrt heim, dem Mann zu berichten, was ihr begegnet; doch sie verschweigt, daß Kizimu für ihn eine gleiche Frucht gegeben. Sie verbirgt sich im Winkel, öffnet die Frucht. Ein zauberischer Staub dringt hervor; sie schüttet ihn auf die Brust. Sogleich schämt sie sich, ihr Sinn ist verwirrt; sie sieht, daß sie Frau ist. Indes ging der Mann zum Wald; in den Ästen hört er nämliches Geräusch, nämliche Stimme. Er nähert sich, Kizimu sagt ihm:

"Empfingst du die Frucht, die ich deinem Weib für dich gab?"

"Nein, ich erhielt nichts."

"Also tat sie übel. Ich gab ihr für dich eine Frucht und gebot ihr, sie zu öffnen und auf deine Brust zu schütten. Was tut's, hier eine andere." Der Mann nimmt, und ehe er in seine Hütte kehrt, öffnet er die Frucht und schüttet sie auf die Brust. Zugleich erkennt er, daß er Mann ist, und fühlt im Herzen Begierde wachsen. Er kehrt unverdrossen zur Hütte; dort sucht er das erstemal mit der Frau Zank.

"Warum erstattest du mir nicht, was Kizimu dir gab? Warum öffnetest du die Medizin vor mir? Ich hätte sie als erster öffnen müssen."

So balgen sie sich ärger und ärger.

Vom mitleidigen Tod

Es geschah, ein Unglücklicher, von allen verlassen, sitzt allein auf der Matte. Er seufzt und klagt, daß er nirgendwo Wohltat und Stütze finde. Seine Hütte verfällt; Wind näßt und Regen peitscht ihn. Er findet nicht Holz, die alten Knochen zu wärmen; niemanden, der ihm Stütze oder Hoffnung zuspräche. Da ruft er den Tod. Dieser kommt schnell. Ein Verwandter, den er rief, oder ein Verstorbener mitleidigen Herzens nähert sich ihm; Kabezya-Mpungu gestattete, ihn der Welt zu entheben.

Der Tanganika

Weit oben stand auf einem Gebirge ein kahler Fels, wohin die Vögel kamen, sich auszuruhen. Welche Vögel? Wir wissen es nicht; es waren große Vögel. Also sie hatten Durst und sagten, versuchen wir Wasser zu nehmen, und mit ihren Schnäbeln schlugen sie gegen den Felsen mit solcher Kraft, daß die Schnäbel zerbrachen. Sie starben. Andere kamen, taten Gleiches und starben.

Dann kam ein kleiner Vogel, der mit seinem Schnabel ganz sanft schlug, und er bröckelte Staub um Staub ab. Und lange danach kam ein Tropfen Wasser, und er trank ihn. Er fuhr fort zu schlagen, und das Wasser kam plötzlich wie ein Wildbach. Der kleine Vogel flog weg und sang: Die Leute, die nicht auf den Bergen waren, ertranken alle mit ihren Dörfern.

Bahololo

Legende von Muamba und Kunga Nsungu

Einst machten die Menschen nicht Krieg. Sie hatten Pfeile, die Tiere zu töten. Das war alles. Man starb nicht an Krankheiten noch anderem.

Da kamen von da unten eine Frau, Muamba geheißen, und Kalala, ihr Sohn, der war der älteste von fünfzehn Knaben, das Land zu sehen. Kalala trug mehrere Lanzen.

Auf dem Wege trafen sie einen Zug Ameisen, die im Krieg gewesen waren und mit Holzläusen zurückkamen. Kalala betrachtete sie mit Aufmerksamkeit und sagte: "Wie diese Tiere muß ich kriegen und Menschen töten?"

Lachend sprach ihm die Mutter: "So du Menschen töten willst, töte zuerst mich, deine Mutter."

Erwiderte er:

"Sicher, ich werde dich töten."

Gleich grub er eine Grube zur Seite des Pfades.

Da sprach die Mutter:

"Ho, ich sagte das lachend, und du schaffst deiner Mutter eine Grube?"

Er antwortete nichts; vollendete die Grube, kniete seine Mutter darein und verscharrte die ganz Lebendige. Sein Herz war sehr schlimm geworden.

Er ging weg und sah einen Baum so hoch, daß er in den Himmel reichte; fünf Männer saßen da, drei tötete er mit der Lanze. Die zwei anderen flohen; er verfolgte und griff sie. Die zwei Männer sprachen: "Mach nicht Krieg. Tanzen wir. Weißt du zu tanzen?"

Antwortete Kalala: "Alle Tänze kenne ich."

Man tanzte und trank Bier; denn viele Leute gab es in den Nachbardörfern, die Lunga Nsunga gehörten, dem großen Häuptling.

Da Kalala schlief, machten sie eine große Grube, die sie mit einer Matte verbargen. Da er erwacht war, tanzte man noch und sprach:

"So du ermüdet bist, ruhe dich auf der Matte."

Doch er umtanzte die Matte und legte sich zur Seite nieder.

Dann erstieg einer der drei Männer den Baum und ging weg zu Gott. Da er nach fünf Monaten nicht zurückgekehrt war, folgte ihm der zweite und traf ihn, da er hinunterstieg.

Und der erste sprach:

"Ich traf in der Höhe Nkuba, eine große schwarze Ziege, die einen Schwanz wie von Feuer trägt; sie hat mich gelehrt, Krieg zu führen." Da die zwei hinuntergestiegen waren, warfen sie Kalala in die Grube und frugen ihn:

"Kalala, bist du am Leben?"

"Ich lebe."

"Also wirst du sterben wie deine Mutter", und sie warfen Erde darauf. Aber da die vierzehn Brüder nicht die Mutter noch den ältesten Sohn zurückkommen sahen, machten sie sich mit ihren Sklaven auf den Weg und fanden alsbald ein Grab, darin sie die Mutter schauten, und erkannten sie an ihrem Tuch. Und sie klagten. Da sie zu Ilunga Nsungu gekommen waren, töteten sie die Frauen, die die Felder bestellten. Sie hatten viele Lanzen. Ilunga Nsungu hatte einen großen Topf voll Musa (Aussatz), einen voll Blattern und einen großen Topf voll Bienen. Er schleuderte diese über sie.

Viele Sklaven starben, doch die vierzehn Brüder waren des Krieges gewohnt und fuhren fort, jedermann zu töten. –

Also erbat Ilunga Nsungu den Frieden und lud die vierzehn Brüder ein, Bier zu trinken. Sie kamen und legten ihre Lanzen nieder. Den zweiten Tag bat Ilunga Nsungu, wie das unter Fremden geschieht: schneidet mir das Haar. Der älteste der Brüder nahm Öl, rieb damit den Kopf des Häuptlings und versuchte, das Haar zu schneiden. Doch es gelang ihm nicht. Sein Bruder versuchte das Gleiche ohne Gelingen, und alle, die es versuchten, konnten ihn nicht scheren. Doch der jüngste der Brüder, der ganz Kleine, sagte: "Ich werde sie schneiden."

Er nahm Wasser und rieb damit den Kopf Ilunga Nsungus, und die Haare fielen rasch. Da sprachen seine Brüder: "Wie, du bist ganz klein und bist klüger denn wir." Sie töteten ihn und schnitten ihn in Stücke.

Doch Ilunga Nsungu sammelte des Nachts die Stücke, paßte sie zusammen, rieb sie, rieb mit seinem Zauber (Bunganga), und das Kind erstand von neuem. Er barg es in seiner Hütte, damit die Brüder es nicht erblickten. – Indessen waren die Brüder Kalalas durch das Bier schlimm und sprachen zu Ilunga Nsungu: "Wir wollen uns von neuem schlagen", und sie töteten Leute. Als dies das Kind sah, das Ilunga Nsungu gerettet hatte, sprach es: "Ich will dir ein Geheimnis geben"; und er nahm eine große Kalebasse, füllte sie mit Wasser und sagte ihm: "Wirf ihnen das."

Ilunga Nsungu schüttete die Kalebasse von der Höhe des Berges aus; all die Leute von Muamba waren ertränkt.

Das Kind war bei Ilunga Nsungu geblieben, und Ilunga Nsungu sagte ihm eines Tages: "Nimm meine Vogelschlingen am Ufer aus."

Er ging, sah einen Vogel, der war von der Schlinge gefaßt, schickte sich an, ihn zu töten; da sprach ihm der Vogel: "Töte mich nicht, ich will dich heilen, so es not tut." Und er band ihn los.

Er band noch viele los, da sein Herz gut war, und er kehrte zurück und sprach: "Ich habe keine Vögel."

Darum verwunderte sich Ilunga Nsungu mächtig; der sprach einen anderen Tag zu dem Kind: "Nimm meine Vogelschlingen am Flußufer aus." Er ging; doch Ilunga Nsungu folgte ihm und verbarg sich im Busch und sah, wie er mit den Vögeln sprach und sie losband.

Da warf er sich auf ihn, tötete ihn und schnitt ihn in Stücke.

Aber die Vögel, die er befreit hatte, kamen in großer Zahl, fügten Knochen, Blut, Eingeweide und stellten ihn aufrecht. Sie trugen ihn durch die Luft in die Heimat zurück, machten großen Lärm mit den Flügeln und sangen Po, Po, Po, und legten ihn nieder vor der Tür der Schwester seiner Mutter. –

Indessen hatte diese den Lärm vernommen, zog die Tür auf und sah das Kind, das alles Geschehene ihr sagte. Da nahmen die Leute Muambas ihre Lanzen und zogen gegen Ilunga Nsungu. Der Krieg war schrecklich.

Ilunga Nsungu nahm eine Kalebasse, füllte sie mit Wasser, blies darüber, aber kein Wasser kam. Also machte er Frieden und zahlte Tribut an Muamba vom anderen Ufer des Lualaba.

Wir alle sind Muambas Leute.

Warum wir sterben

Im Anfang rief eines Tages Gott, der große Geist, den ersten Mann und die erste Frau zu sich; ebenso die Schlange. Um sie zu erproben, wies er, die Hand geschlossen, der Frau einen Fruchtkern, einen anderen der Schlange. "Dies sind die Kerne der Sterblichkeit und des ewigen Lebens. Wählet", spricht er. Die Frau nimmt die Frucht der Sterblichkeit, die Schlange die Frucht der Unsterblichkeit. "Ich bemitleide dich", spricht Gott zur Frau, "daß du den Tod wähltest, während die Schlange das ewige Leben gewann." Darum sterben die Menschen, die Schlange aber lebt ewig.

Westliches Uruwa

Kabezy-Mpungu sandte einen Mann und zwei Frauen zur Erde. Diese ersten Bewohner der Erde lebten glücklich, bis die eine Frau zu altern begann. Solches hatte der große Geist vorausgesehen und ihr die Gabe sich zu verjüngen geschenkt; und Kraft, daß ihr gelinge, die Gabe zu bewahren, sich und allen Menschen. Da sie sich verschrumpft sieht, nimmt sie die Getreideschwinge der Gefährtin, die eben Mais, zum Met bestimmt, schwingen wollte, und verschließt sich in die Hütte. Sorgfältig schließt sie die Tür. Dann reißt sie die ganze alte Haut ab, wovon sie sich mühelos befreit, und legt die Stücke auf die Schwinge. Gleich erschien eine Haut, frisch wie die eines kleinen Kindes. Dies Geschehen neigte dem Ende entgegen; nichts blieb mehr übrig zu bedecken als Kopf und Hals. Da näherte sich die Gefährtin der Hütte, die Schwinge zu nehmen. Der Alten blieb nicht Zeit, sie zu hindern; schon hatte sie die Tür aufgestoßen. Aber ach, im gleichen Augenblick stürzt die Frau, fast schon verjüngt, tot zur Erde. Darum müssen wir alle sterben.

Baholoholo - Östliches Uruwa

Einst war die Erde unbewohnt; Kabezya-Mpunga hatte sie geschaffen. Da sandte er Kyomba, den ersten Mann, und zwei Frauen. Da er sie schickte, gab er ihm Werkzeuge, Feuer zu bereiten. In seine Haare legte er den Samen der Pflanzen. Kyomba erging sich eines Tages und sah kleine Pflanzen, kaum aufgekeimt. Er erkannte, daß sie vom Samen waren, den er im Haar trug. Die Pflanzen reiften und brachten hervor Mais, Eleusine und Maniok, die Nahrung der Menschen. Er schmeckte sie und fand sie süß. (Bisher lebte er von Waldbeeren.) Er begann zu säen. Dazu muß man den Boden aufwühlen. Er versucht eine Zeit ein gespitztes Holz. Das ist mühevoll. Etwas später sucht er einen spitzen Stein, den er mit einem Stiel versieht. Endlich entdeckt er ein spitzes Eisen, das ist noch härter. Diesmal geht die Arbeit flink vonstatten. Es ist gut. Er wird nicht mehr wechseln.

Inzwischen gebar die Lieblingsfrau ihm einen Sohn. Das Kind wuchs unter den Augen der Eltern auf und half bei der Arbeit.

Andere Kinder, Knaben und Mädchen, kamen zur Welt, von der einen oder anderen Gattin geboren.

Eines Tages wird die Mutter des ältesten Sohnes von tiefer Ohnmacht befallen und sinkt in tiefen Schlaf. Ihre Begleiterin begreift nichts, noch weniger die Kinder. Nur der Vater versteht. Er trägt die Arme heimlich in den Wald und verbirgt sich.

Da beginnt er eine Hütte zu bauen, ein geräumiges Haus; inmitten ein wohlverstecktes Zimmer; ringsum Verschläge, nicht weniger als zehn. Zehn Türen zimmert er. Da alles bereit ist, legt er die Gefährtin im mittleren Zimmer nieder, verschließt fest die zehn Türen und kehrt heim, als sei nichts geschehen.

Kyomba jedoch wachte über die eingeschlossene Gattin. Jeden Tag ging er, ihr ein wenig Nahrung zu bringen und geheime Medizin. Der älteste Sohn begleitete den Vater; doch war ihm unter fürchterlichen Drohungen verboten, davon zur Mutter zu sprechen; Kyomba fürchtete, daß die zweite Frau glaube, die Nebenbuhlerin kehre nicht wieder, und werde dann anmaßend. Die Tage folgen, die Tage blieben die gleichen.

Einmal sagte Kyomba: "Ich reise", und er geht. Vorher spricht er zum Sohn. "So deine Mutter zur geheimen Wohnung geht, sage ihr, ich verbiete es. Man muß mir in dieser Sache gehorchen, soll nicht Schlimmeres geschehen."

Indes vergehen zwei Tage, und Kyomba kehrt nicht zurück. Seine Frau gibt dem Knaben einen Topf mit drei Löchern und sagte ihm. "Mein Gatte ergeht sich, ich werde gleiches tun." Sie geht in den Wald. Plötzlich sieht sie einen schmalen, geebneten Pfad; sie folgt ihm und gelangt zur Hütte, erbaut von Kyomba.

Zum Unheil ist der Sohn fern, ihr den Zutritt zu verbieten. Sie öffnet eine Tür, dann eine zweite, eine dritte. Je weiter sie vordringt, um so mehr wächst ihr die Neugier. Endlich überschreitet sie die neunte Pforte und schickt sich an, die zehnte zu öffnen. Plötzlich läßt eine Stimme sich vernehmen:

"Tritt nicht ein, tritt nicht ein."

"Und warum nicht, wenn ich eintreten will?"

"Erbarmen, öffne nicht die Tür; so du eintrittst, sterbe ich gleich, und du, auch du wirst sterben."

"Ich glaube nichts, du bist listig und lügnerisch."

Sie reißt die Tür weit auf. Da sieht sie ein weißes Mädchen, ganz frisch; eben wurde sie geboren, diese schaut sie an und stürzt tot nieder. Die neugierige Gefährtin sinkt tot zur Seite hin.

Inzwischen kehrt Kyomba zurück von der Reise. Er sieht die Gattin nicht und fragt den Sohn, wo sie sei. –

"Ich weiß es nicht", erwidert dieser; "sie schickte mich mit einem Topf, Wasser zu schöpfen; das Gefäß war mit drei Löchern durchlöchert. Lange blieb ich am Ufer, vergeblich Wasser zu schöpfen. Zuletzt, müde und ungeduldig, kehrte ich heim, unsere Mutter fand ich nicht. Schon lange, daß ich hier warte."

Kyomba durchstreift den Wald und ruft überallhin die Gattin. Nur das Echo antwortet. Er fürchtet Unheil und eilt zur geheimen Wohnung. Alle Türen stehen geöffnet, inmitten zwei Tote. Bei solchem Anblick überkommt ihn furchtbare Trauer. Er kehrt heim und spricht:

"Meine Kinder, großes Unheil ist uns widerfahren. Eure erste Mutter fiel in tiefen Schlaf. Ich trug sie in das Herz des Waldes, dort mußte sie einige Zeit bleiben, um später wieder zu erwachen. Gerade jetzt sollte sie sich verwandeln, wieder schön und jung werden. Jedoch, keiner durfte einen

Blick nach ihr tun, ehe sie nicht gänzlich vollendet. Nur ich, euer Vater durfte es tun. Eure zweite Mutter, von Neugier bewältigt, überschritt alle Hindernisse, betrachtete sie, und der Tod griff beide. Nun sind sie tot, meine Kinder, sie werden nicht mehr sprechen, nicht unter uns kommen. Wir selbst sind nun wie sie zum Sterben verdammt. So eure erste Mutter die Verwandlung vollendet, hätte sie uns die Unsterblichkeit gewonnen, wir alle wären des Glücks teilhaftig, ewig uns zu verjüngen; jetzt aber müssen wir alle sterben wie sie."

Der dem Grab Entstiegene erzählt:

Lange, lange ging ich; Monate und Monate, und ich kam in eine Gegend, mit Bananenbäumen bestanden. Dort traf ich eine Frau; ich bat, daß sie mir die Wohnung Kalunga-Niembos, des Häuptlings der Toten weise. Sie zeigte mir eine hohe Steinmauer, die einen Pfad entlanglief. Ich bin ihm Monat und Monat gefolgt; ich traf einen Mann; bat ihn, mir die Wohnung Kalunga-Niembos zu weisen.

Dieser Mann hat mir gesagt: "Ihr seid auf dem guten Weg, folgt der Mauer." Ich sagte ihm: "Du lügst nicht?" Er antwortete: "Ich bin auch ein Toter."

Ich folgte der Mauer aus Stein. Es war licht wie auf der Erde.

Ich sah jenseits der Mauer ein hohes steinernes Haus, wie solches nicht auf der Erde steht, und eine Frau sagte mir: "Das ist die Wohnung des Kalunga-Niembo." Ich schritt dem Tod zu und sah, daß das Haus wie ein hoher Turm gemacht war, also aus Steinen, einer auf den anderen gesetzt. Und es gab noch andere Häuser für seine Frauen.

Die Frauen Kalunga-Niembos bereiteten Feuer und bedienten sich schwarzer, glänzender Stücke wie von Eisen, und die Steine brannten wie trockenes Holz.

Eine Frau frug mich, was ich wolle; ich sagte: "Ich will Kalunga-Niembo sehen und ihn grüßen." Die Frau stieg hinauf, es ihm zu sagen.

Kalunga-Niembo stieg hinab. Ich sah ihn herabsteigen, und er war noch fern über seinem hohen Haus. Er hatte drei Köpfe, einen hier, einen dort, einen in der Mitte. Er trug die Sonne auf der Stirn und den Mond im Nacken und war ganz mit den Sternen bekleidet. Ich war geblendet und zitterte.

Ich sagte der Frau, ich bin nicht stark, ihn zu grüßen; sie hatte Mitleid mit mir und durchstach mir die Kehle mit einer langen Nadel, und ich fiel tot von neuem. Doch ich sah noch, und die Frau warf Wasser auf mein Gesicht, daß ich nicht geblendet sei. Kalunga-Niembo war gekommen, beugte sich über mich, rieb mich mit dem Öl seines Amuletts und stellte mich aufrecht. Er frug mich: "Wo ist dein Vater und wo deine Mutter?"

"Sie sind gestorben."

"Und dein Oheim?"

"Er ist gestorben. Ich habe niemanden auf Erden gelassen denn meine kleinen Kinder."

Dann ließ er meine tote Mutter kommen und sagte: "Willst du deinen Sohn hier behalten, oder willst du, daß er in sein Dorf zurückkehre?"

Meine Mutter befragte ihren Bruder, kehrte zurück und sprach: "Er ließ kleine Kinder, er kehre zurück."

Kalunga-Niembo gab mir dann eine Banane, groß wie ein Elefantenzahn, und sagte: "Kehre zur Erde zurück und sage den Leuten, daß die Dörfer hier voll Bananen sind."

Meine Mutter führte mich zum Ausgang des Dorfes; ich wanderte Monate und Monate und kam auf die Erde zurück. Dies ist die Erzählung von Kalunga-Niembo, dem Herrn der Toten.

Kamwepolo

Eines Tages schickte ein Vater den Sohn zur Jagd und sagte: "Wenn du einen Büffel tötest und du kannst ihn nicht heimtragen, so rufe Kamwepolo."

Der Sohn nahm Bogen und Pfeile, ging. Er ging lang, lang; er stieg drei Gebirge hinauf, hinunter.

Im dritten Tal sah er Büffel, näherte sich ihnen, schleuderte einen Pfeil, und der Büffel fiel; er schleuderte einen anderen Pfeil, und ein anderer Büffel fiel.

Da war er ratlos.

"Was soll ich tun? Ich habe nicht Messer, ich habe nicht Axt, ich habe nicht Kochtopf."

Er gedachte der Worte des Vaters und rief: "Kamwepolo, Kamwepolo."

Plötzlich erschien Kamwepolo vor ihm, das war ein winziger Mann, doch gut gebaut; der sprach:

"Was riefst du mich?"

Erwiderte der Jäger:

"Ich habe nicht Messer, ich habe nicht Axt, ich habe nicht Kochtopf. Was soll ich mit den zwei Büffeln, die ich tötete?"

Kamwepolo sagte: "Komm zu mir", und griff jeden der Büffel am Schwanz und zog sie nach seiner Hütte.

Da sprach er zum Jäger: "Iß immer von der Maisbrühe und dem Fisch", und der Jäger aß von der Maisbrühe und dem Fisch.

Indessen zerschnitt er das Fleisch, holte viel Holz und begann es zu räuchern. Und da geräuchert war, sprach der Jäger: "Ich kehre heim." Nahm alles Fleisch, lud es auf die Schultern und den Kopf und ließ Kamwepolo nichts als Knochen und Eingeweide.

Der sagte:

"Du läßt mir nichts als Knochen und Eingeweide?"

"Warum sollte ich dir Fleisch lassen, dir, einem kleinen Nichtsling?"

Sprach Kamwepolo: "Es ist gut, du wirst es bereuen."

Der Jäger ging, ihn dürstete, er wollte das Wasser eines Baches trinken; aber kaum war das Wasser bei seinen Lippen, da vertrocknete es. Er hungerte und traf Frauen mit Maniok und erbat von ihnen ein Stück; doch das Stück, kaum an seinen Lippen, zerfiel. Ihn dürstete wieder, und er wollte

Wasser aus einem Bach trinken; doch das Wasser, kaum an seinen Lippen, vertrocknete.

Endlich kam er in das Dorf, man grüßte ihn von allen Seiten: "Guten Tag Jäger, guten Tag Jäger"; da er bei seinem Vater war, sprach ihm der:

"Was bist so mager, aßest du nicht?"

Erwiderte er: "Ich aß."

Alsbald bereitete man Bugali, doch kaum hatte er es an den Mund gebracht, da fiel es. Sprach der Vater:

"Du kehrtest mit allem Fleisch zurück, ließest du nichts Kamwepolo?" Sehr leise antwortete der Sohn:

"Ich ließ ihm Knochen und Magen."

Indessen konnte er nicht mehr essen und wurde mager wie ein Knochen. Dies sah der Vater, ging mit ihm, Kamwepolo zu finden, und da sie Büffel antrafen, sagte er dem Sohn: "Schieße."

Der Sohn wollte einen Pfeil schleudern, doch der Pfeil fiel dicht bei ihm nieder. Da nahm der Vater den Bogen und tötete zwei Büffel.

Und er rief: "Kamwepolo, Kamwepolo."

Und plötzlich erschien Kamwepolo vor ihnen und sagte:

"Was riefst du mich?"

Antwortete der Vater:

"Ich habe nicht Messer, ich habe nicht Axt, ich habe nicht Kochtopf. Was soll ich mit den zwei Büffeln tun, die ich tötete?"

Sagte Kamwepolo: "Komm zu mir." Und er griff jeden der zwei Büffel beim Schwanz und schleppte sie zu sich.

Da sagte er ihnen: "Esset nur von Maisbrühe und Fisch"; doch der Sohn vermochte nicht davon zu essen, und der Vater sprach: "Kamwepolo, mein Sohn kann nicht mehr essen. Nimm das ganze Fleisch der zwei Büffel und heile meinen Sohn."

Kamwepolo sann ein wenig und sprach: "Iß", und jener aß von Maisbrühe und Fisch.

Kamwepolo ist der Meister des Buschs.

Die Hyäne

Das war abends in einem Dorf der Baholoholo. Man tanzte. Eine Frau hätte gern getanzt, auch sie. Doch sie hatte ein Kind in den Armen, einen kleinen Säugling, und ihr Gatte war nicht da. –

Da schaute sie unter die Leute und sagte: "Wem kann ich mein Kind anvertrauen?"

Das war des Abends, und sie sah jemanden Arme strecken; sie reichte das Kind und lief schnell zum Tanz.

Dies nun war Kimbwi, die Hyäne, die sich in der Gestalt eines Mannes genähert, und sie hatte das Kind genommen. Zuerst wiegte sie es ganz leise und ganz mählich, da Leute zugegen waren; dann wich sie zurück und verglitt in das Gras. Sie ging, bis sie nicht mehr den Lärm der Trommeln hörte, dann zerbrach sie den Kopf des Kindes an einem großen Stein.

Da der Tanz beendet war, kam die Mutter zurück und sprach:

"Wem habe ich mein Kind anvertraut?"

Keiner antwortete; so lief sie im ganzen Dorf und schrie: " Wo ist mein Kind?" Sie schrie umsonst. Da ging sie auf den großen Weg und schrie: "Wo ist mein Kind?" Doch das war unnütz.

Den anderen Morgen suchten die Leute überall, und man fand den Kopf des Kindes am großen Fels, und der Kopf war zerbrochen. Da wälzte sich die Frau auf der Erde, weinte und schrie:

"Das ist die Hyäne, die – einem Mann gleichend – mein Kind in den Armen hielt und tötete."

Eine Schöpfungssage von Tanganika

I

Im Anfang war Gott ganz allein. Indes war die Erde; aber kein Leben bewegte die schrecklichen Finsternisse, die sie umgaben. Durch Gottes Wille entstanden die Tiere, so der Ameisenbär, die Hunde und die großen Wasserratten. Zum Schluß erschienen die Menschen. Wie wurden sie geschaffen? Die einen sagten, Gott baute eine unterirdische Stadt und bevölkerte sie mit Menschen, geschaffen von seinen eigenen Händen. Mtumbi, der Ameisenbär, lebte schon auf der Erde, er hatte Hunde, die ihm halfen, die Nsenzi zu jagen, die Ratten gleichen, aber zehnmal größer waren als eine große Ratte. Eines Tages brachten die Hunde, Nsenzi verfolgend, Mtumbi an den Eingang einer Höhle. Er grub sich herein, und lange, lange brauchte es, bis er an das äußerste Ende kam, und da befand er sich plötzlich vor einer kleinen Stadt.

Die Nachricht drang zu Gott, daß der Ameisenbär und seine Hunde da seien. Er befahl, sie eintreten zu lassen und befragte sie. Sie antworteten, daß nichts auf der Erde existiere außer der Finsternis, den Bäumen und einigen Tieren. Da sprach Leza zu Mtumbi: "Ich will dir einen Mann und ein Mädchen geben, die sich vermehren und Könige der Erde seien." So geschah es, Leza gab dem Mann einen großen Korb, verschlossen mit einem Deckel. In die Finsternis verloren, welche die Erde bedeckte, machte der Mann ein Loch in ein Holzstück, nahm ein Schilfrohr und drehte es zwischen seinem Daumen so stark, daß sich Feuer entzündete. Da fürchtete sich Mtumbi vor der Flamme, flüchtete und verbarg sich für immer. Die Hunde blieben. Aber der Mensch hatte den Mputo geöffnet, und mit einem Aufschwung stiegen Sonne und Mond in den Himmel, wo Gott ihren Gang ordnete.

II

Man weiß nicht, an welchem Ort der Erde die ersten Menschen lebten. Doch man weiß, daß sie sehr zahlreich wurden und ein Mann mit Namen Mlunga Leza den wunderbaren Plan empfing, einen so hohen Turm zu bauen, daß sein Gipfel den Himmel erreicht und ihn durchbohrt. So kann der Mann Gott aufsuchen, der im Himmel sich verbirgt. Jeder Mann schickte sich zur Arbeit an. Die einen schlugen die Bäume und schnitten das Schilf. Die anderen machten Seile. In wenigen Monaten war der Turm so hoch, daß die Arbeiter große Mühe hatten, ihn zu besteigen, so hoch, daß er eines Tages unter seinem Gewicht zusammenbrach. Die, welche hierbei nicht erschlagen wurden, fingen wieder von neuem an. Aber da der Turm eine Höhe erreicht hatte, worüber die Menschen sehr erstaunten, da brach er von neuem zusammen. So geschah es auch ein drittes Mal, und die Absicht wurde aufgegeben. –

Kyomba ging. Er hatte aus seinem langen Haar einen Korb gemacht, den er mit aller Art Kräuter gefüllt hatte. Bald wütete eine schreckliche Hungersnot auf der ganzen Erde. Die Menschen lebten von Wurzeln, Blättern und wilden Früchten.

III

Kyomba war von zwei Männern begleitet, Kasanga und Kaybondo, und von vier Frauen. Alle hatten beschlossen, ans Ende der Welt zu gehen. Wenn sie starben, sollten ihre Kinder den Plan erfüllen.

Gemäß sie vordrangen, vermehrten sich die Menschen. Sie stritten, aber Kyomba hatte Mitleid mit allen, öffnete sein Haar, das die Körner enthielt, und verteilte sie. Darum sagen wir, unser Getreide kommt aus den Haaren Kyombas.

IV

Die Großneffen Kyombas, von Hochmut berauscht, berieten gegen ihn. Sie luden ihn ein, Pembe zu trinken in einem Hause, darin sie eine tiefe Grube gegraben hatten, die sie mit schönen Matten bedeckten. Doch Kyomba machte den Anschlag zunichte. So singt man noch heute am Tanganika: "Kyomba gib acht, die Kinder deiner Mutter haben dir ein Grab bereitet."

V

Kyomba fühlte, daß seine Kräfte schwach werden, und vereinte die Mikowa, nahm Abschied von ihnen und sprach: "Gott behüte euch, ihr werdet Könige für immer sein, und ihr meine Brüder, der Segen Ngulus und

Lezas ist nicht auf euch. Ihr werdet niemals Könige sein, und wenn es darum gehen wird, dem Ngulu zu opfern, so werdet ihr nicht da sein. Aber ich lasse euch deshalb ein großes Vorrecht, nie wird euch jemand in Sklaverei führen."

VI

Die Nachkommen Kyombas erreichten nicht das Ende der Welt. Einige überschritten den See. Die meisten, nachdem sie das Ende der Welt gesucht hatten, kehrten auf ihren Schritten zurück. Vermählungen geschahen, die vor dem alten Gesetz Blutschande waren. Einst wurde das Land, wo die Sünde begonnen hatte, verlassen. Der Fluß änderte den Namen. So hieß er Mwezi Lunga, d. h. der Schuldige.

VII

Ein altes Lied am Tanganika sagt: "Die Leute von Kilunga gingen zu Fuß in die Berge, die Leute von Kamanya reisten in Booten auf dem Wasser."

VIII

Der Stamm der Kilunga entwickelte sich auf besondere Art. Sie wählten einen Häuptling, den sie Likolo nannten. Er hatte die Aufgabe, die Überlieferung bezüglich des Ursprungs des Volkes zu bewahren und sie den Bena Kilunga mitzuteilen. Er war auch großer Richter. Er machte weise Gesetze über die Steuern, die ihm zu entrichten waren; denn er hatte nicht die Zeit, sich mit äußerlichen Dingen zu beschäftigen. Er ordnete die Ehren, die man ihm schuldig war; auf solche Art mußte man ihn grüßen. Männer von dreißig Jahren mußten niederknien; den Körper gebückt, schlagen sie zweimal vierzehnmal in die Hände und sprechen die bestimmten Grußformeln aus. Frauen und Mädchen werden in die Hände schlagen. Die Männer von weniger als zwanzig Jahren werden in die Hände so schlagen, daß die rechte Hand über die linke steht und diese nur die Hälfte der anderen Hand berührt. Also bezeichnen sie ihre Niedrigkeit. Sie sprechen kein Wort und machen zweimal Kreuze.

IX

Die Bena Malungu sagen, daß Kibawa, das geheimnisvolle Wesen, das unter der Erde leben kann, keinen Einfluß auf die Lebenden ausübt. Aber alle Jahre kommt er, die Toten zu suchen, die er unter furchtbarem Getöse wegträgt.

Warundi (Urunda)

Gute und schlimme Zeit

Einst war kein Krieg, die Menschen starben nicht in großer Zahl. Es mangelte nicht der Nahrung. Es gab viel Speise. Alle Kühe warfen, starben nicht. Jeglich Ding gedieh. Jetzt unter dem König Kisabo verderben alle Dinge. Hunger gibt es, Krankheit in großer Zahl; die Menschen sterben, es fehlt an Nahrung, Hungersnot vernichtet sie, die Menschen verderben im Elend. Es gibt nicht Eintracht, alle Menschen bekämpfen einander, töten einander. So gibt es hier nichts als Streiter. Nsare hatte keine Krieger. Kisabo besitzt Krieger. Die Dinge stehen in Schrei, Stoß und Aufruhr, anders waren die Dinge unter Nsare. Doch unter Kisabo schlagen sich die Menschen. Bruder frißt den Bruder, balgt sich mit Bruder. Kein Mensch liebt den anderen, töten einander. Eintracht nahm ein Ende; die Dinge sind am Schluß.

Verwandlung

Menschen gingen Brennholz suchen. Sie hatten Holz gesammelt und kehrten heim, da trafen sie Verwandte, die getroffen waren (Gespenster), und die fern gewandert waren, wohin man nicht dringt. Die von der Suche nach Brennholz heimkehrten, gingen zum Ufer ins Schilf. Dort wandelten sie und aßen Schlamm. Da waren sie in Kraniche verwandelt. Einst waren das Menschen. Da kamen ihnen Flügel. Sie schwangen sich fort.

Gegen Verstorbene

Ein Mann verlor sein Kind; er begrub es. Des Abends sagte er zur Frau, daß sie wohl schauen möge, ob nicht ein Ding aus der Grube käme. Die Frau ging nach dem Kinde zu sehen; und sie sah, das Kind war dem Loch entstiegen. Sie nahm einen Stößer zum Stampfen, schlug den Kopf und machte ihn zurückkehren. Sprach: "Daß er sterbe, ruhig bleibe; und die anderen Menschen, alle bleiben still." Einst starben die Menschen, erhuben sich vom Grab. Jetzt erheben sie sich nicht, sie bleiben im Land bei den Ahnen.

Der Gaukler der Ebene

I

Ein Mann und eine Frau hatten zuerst einen Sohn, dann eine Tochter. Da die Tochter zur Ehe gekauft worden war, sagten die Eltern dem Sohn: "Jetzt haben wir eine Herde für dich zur Verfügung; das ist für dich die Zeit, eine Frau zu nehmen. Wir wollen dir eine zierliche Gattin suchen, deren Eltern brave Leute sind." Doch er schlug es aus. "Nein", sagte er, "macht euch nicht diese Mühe. Ich liebe nicht die Mädchen hierzulande. Wenn ich heiraten muß, will ich selbst, die ich begehre, suchen." "Tue, wie es dich gelüstet", sagten ihm die Eltern. "Hast du später Unglück, so ist es nicht unser Fehler."

Er brach auf, verließ sein Land, ging sehr fern in ein unbekanntes Land. Er kam in ein Dorf, sah junge Mädchen, die zerstießen Mais, andere wieder kochten ihn. Er traf insgeheim seine Wahl und sprach zu sich: "Diese ist es, die mir ziemt." Dann ging er zu den Männern des Dorfes:

"Guten Tag, meine Väter", sprach er.

"Guten Tag, junger Mann, was wünschest du?"

"Ich bin gekommen, eure Töchter zu sehen; denn ich will eine Frau nehmen."

"Gut, gut, wir wollen sie dir zeigen. Du wirst wählen." –

Alle werden vor ihn geführt, und er bezeichnete, die er wollte. Sie willigte ein, auch sie.

"Deine Eltern werden kommen, uns zu sehen, so ist es Brauch, und selbst uns das Leibgedinge bringen?" sagten die Eltern des jungen Mädchens. "Keineswegs", antwortete er, "ich habe das Leibgedinge bei mir. Nehmt es hier." Dann fügten sie bei: "Werden sie später deine Gattin suchen, um sie bei sich zu führen?" "Nein, nein, ich fürchte, sie ermahnten das Mädchen mit Härte und beschimpften euch. Laßt sie mich sofort nehmen."

Die Eltern der Vermählten willigten ein, doch nahmen sie diese abseits in die Hütte, um sie in Rat und Bräuchen zu unterrichten. "Sei gut zu deinen Schwiegereltern, pflege deinen Gatten sorgsam." Sie boten ihr die jüngste Tochter an, ihr in den Hausarbeiten zu helfen. Das schlug sie ab. Man bot ihr zwei, zehn, zwanzig, damit sie wähle. Man zählte alle Mädchen auf und bot sie an. "Nein", sagte sie, "man soll mir den Büffel des Landes, unseren Büffel, den Gaukler der Ebene, geben. Er soll mir dienen." "Wie", sprachen sie, "du weißt, unser Leben hängt von ihm ab. Hier ist er wohlgenährt, wohlversorgt. Was wirst du mit ihm in einem anderen Lande tun? Er wird hungern; er wird sterben, und wir alle werden mit ihm sterben." "Nein", sprach sie, "ich will ihn gut pflegen."

Ehe sie ihre Eltern verließ, nahm sie mit einen Topf voll zauberischer Wurzeln, dann ein Horn zum Schröpfen, ein kleines Messer für Einschnitte und eine Kalebasse voll Fett.

Sie ging mit ihrem Gatten, der Büffel folgte ihr, doch er war nur für sie sichtbar. Der Mann sah ihn nicht. Er ahnte nicht, daß der Gaukler der Ebene die Kraft war, die seine Frau begleitete.

II

Da sie zum Dorf des Gatten zurückgekehrt waren, empfing sie die ganze Familie mit frohem Ruf. Hoyo, Hoyo, Hoyo. "Sieh da", sprachen die Alten, "du hast dir eine Frau gefunden. Du wolltest keine von denen, die wir dir vorschlugen, aber was tut es, es ist gut so. Du hattest es dir eben in den Kopf gesetzt. Wenn du Plackereien hast, dann beklage dich nicht darüber."

Der Mann begleitete seine Frau in die Felder und zeigte ihr, welche die seinen seien und die seiner Mutter. Sie achtete auf alles wohl und kehrte mit ihm ins Dorf zurück. Doch unterwegs sagte sie: "Ich ließ meine Perlen ins Feld fallen, ich will sie suchen gehen." Das war, um den Büffel zu sehen.

Zu dem sprach sie: "Du siehst den Feldrand, da bleib. Da gibt es auch einen Wald, in dem kannst du dich verbergen." Er antwortete: "Gut so."

Wenn sie Wasser zu schöpfen ging, durchschritt sie immer die bebauten Felder und stellte den Krug dahin, wo der Büffel sich aufhielt. Dieser lief, um Wasser zu schöpfen, und brachte seiner Herrin den vollen Krug zurück. Wenn sie Holz wollte, ging er in den Busch, hieb mit seinen Hörnern Bäume ab und brachte soviel zurück, wie man brauchte.

Im Dorf wunderten sich die Leute. "Welche Kraft hat sie", sprachen sie, "immer ist sie gleich vom Brunnen zurück, mit einem Ruck sammelt sie einen vollen Bündel Holzes ein." Aber niemand dachte daran, daß ihr durch einen Büffel geholfen ward, der sich fern vom Hause hielt. Doch brachte sie ihm nichts zu essen; denn sie hatte nur eine Schüssel für sich und den Gatten, aber da unten zu Hause, da hatte sie eine besondere Schüssel für den Gaukler der Weite, und man ernährte ihn dort mit Sorgfalt. Sie brachte ihm ihren Krug und schickte ihn damit zum Wasser. Er ging, jedoch spürte er den ängstigenden Schmerz des Hungers. –

Sie zeigte ihm eine Ecke des Buschs, dort zu arbeiten. Während der Nacht nahm der Büffel die Hacke und schaffte ein unermeßliches Feld. "Wie ist sie geschickt", sagte alle Welt, "was hat sie rasch gearbeitet."

Aber abends sagte er zu seiner Herrin: "Ich habe Hunger, und du gibst mir nichts zu essen! Ich werde nicht mehr arbeiten können."

"Ach", sagte sie, "was tun? Ich habe nur eine Schüssel im Haus. Die Leute hatten recht bei uns, da sie sagten, du müßtest dich ans Stehlen geben. Ja, stiehl nur. Komm ins Feld, da nimmst du wohl eine Schote hier und eine Schote da. Dann gehe weiter. Aber zerstöre nicht alles am gleichen Ort. Vielleicht möchten es die Besitzer zu deutlich wahrnehmen, und der Rücken bräche ihnen vor Erstaunen." –

In der Nacht kam der Büffel. Er schnakte da eine Schote, und er schnakte dort eine Schote. Er sprang von einer Ecke zur anderen. Dann ging er sich verbergen. Morgens, da die Frauen auf die Felder kamen, trauten sie nicht ihren Augen. "He, he, heeeeee. Was ist das? Niemals hat man Ähnliches gesehen. Ein wildes Tier plündert unsere Pflanzungen, und man kann seinen Spuren folgen. Oh, das Land ist sehr krank." Sie gingen, die Geschichte im Dorf zu erzählen.

Am Abend ging die Frau dem Büffel sagen: "Sie waren tüchtig erstaunt, aber nicht allzusehr, der Rücken brach ihnen nicht. Stehle diese Nacht weiter weg." Gesagt, getan.

Die Besitzerinnen der geplünderten Felder schrien laut auf. Sie riefen die Männer auf und baten sie, bewaffnet Wache zu halten.

Der junge Mann der Frau verstand wohl, die Lanze zu schleudern. Er stand in seinem Feld und wartete. Der Büffel dachte, daß man ihm da nachspüre, wo er die Nacht vorher gestohlen habe, und kam daher, die Schoten seiner Herrin zu essen, wo er den ersten Tag gefressen hatte. "Sieh da", sprach der Mann, "ein Büffel. Niemals habe ich so etwas bei uns gesehen. Das ist ein seltsam Ding." Er warf. Der Speer traf beim Hirn in die Schläfe und durchbohrte den ganzen Kopf. Der Gaukler der Ebene sprang hoch und fiel tot. "Das war ein guter Streich", rief der Jäger, und er lief, es im Dorf anzukündigen. –

Alsbald begann seine Frau zu wimmern und sich zu winden: "Oh, oh, der Leib tut mir weh." "Beruhige dich", sagte man ihr. Sie tat, als sei sie krank, aber in Wirklichkeit war es, um ihre Tränen und ihren Schmerz zu verbergen. Man gab ihr ein Heilmittel, aber sie warf es hinter sich, ohne daß man es sah.

III

Alle gingen, die Frauen mit ihren Körben, die Männer mit ihren Waffen, den Büffel zu zerteilen. Die Frau blieb allein im Dorf; aber bald ging sie, um die Leute zu treffen. Sie hielt sich die Hüften, klagte und schrie. "Was willst du hier machen", sagte der Gatte, "wenn du krank bist, bleibe im Hause."

"Nein, ich wollte nicht allein im Dorf bleiben."

Die Schwiegermutter schalt sie, sagte, sie wisse nicht, was sie tue, sie werde sich töten, wenn sie also handle.

Da sie die Körbe mit Fleisch gefüllt hatten, sagte sie: "Laßt mich den Kopf tragen."

"Aber nein, du bist krank, das ist zu schwer für dich."

"Nein", sagte sie, "laßt mich", sie belud sich damit und ging.

Da sie im Dorfe angekommen war, ging sie nicht in ihre Hütte, sondern trat in die Geschirrkammer und legte dort das Haupt des Büffels nieder. Dort blieb sie unaufhörlich. Ihr Gatte suchte sie auf, damit sie in ihre Hütte zurückkehre, sie aber sagte, dort sei es besser.

"Störe mich nicht", erwiderte sie hart.

Die Schwiegermutter kam an seiner statt und sprach ihr im guten zu. "Was kränkst du mich", erwiderte sie bitter; "wollt ihr mich nicht ein wenig schlafen lassen?" Man brachte ihr Speisen; sie stieß sie weg. Die Nacht kam. Ihr Gatte legte sich nieder. Aber sie schlief nicht, sie horchte.

Sie ging Feuer machen, kochte Wasser in ihrem kleinen Topf, schüttete Medizin darein, die sie mitgebracht hatte. Dann nahm sie den Kopf des Büffels, schnitt mit dem Messer Streifen in das Ohr, in die Schläfe, da wo der Speer das Tier getroffen hatte. Sie nahm das Schröpfhorn und sog aus allen ihren Kräften. Es gelang ihr, das Blutgerinnsel herauszuziehen, dann das flüssige Blut. Dann hielt sie die Wundstelle über den Wasserdampf, der aus der Schüssel aufstieg, und rieb sie mit Fett, das sie in ihrer Kalebasse aufbewahrt hatte. Dies getan, war die Wunde verkleinert.

Dann summte sie folgende Weise:

"O mein Vater, Gaukler der Weite.
Sie sagten mir wohl, Gaukler der Weite,
Du wanderst durch dichte Finsternis,
Du irrst nach allen Seiten, Gaukler der Weite.
Du bist die junge Pflanze, die aus Trümmern wächst, die vor der Zeit stirbt,
Verzehrt durch den nagenden Wurm.
Du knickst Blumen und Früchte in deinem Lauf, Gaukler der Weite."

Da sie ihren Gesang beendet, rührte sich das Haupt. Die Glieder kehrten zurück. Der Büffel begann sein Leben wieder zu verspüren und schüttelte Ohren und Hörner. Er richtete sich hoch, streckte seine Glieder. –

Da verließ der Gatte, der nicht zu schlafen vermochte, die Hütte. Er sprach zu sich: "Was weint sie denn so lange, meine Gattin, ich muß sehen, um was sie noch klagt." Er tritt in die Geschirrkammer und ruft sie. Sie antwortet in vollem Zorn: "Laß mich." Aber da stürzt das Haupt des Büffels zur Erde nieder, tot, durchbohrt wie zuvor.

Der Gatte kehrte in seine Hütte zurück, begriff von alldem nichts, gesehen hatte er nichts.

Dann nahm sie von neuem ihre Schüssel, kochte die Medizin, machte die Einschnitte, nahm das Schröpfhorn, hielt die Wunde über den Dampf und sang wie vorher das gleiche Zauberlied.

Der Büffel richtete sich von neuem hoch, seine Glieder kehrten wieder, er begann das Leben zu spüren, schüttelte Ohren und Hörner. Er streckte sich. Aber der Gatte kam wieder, unruhig zu sehen, was seine Frau mache. Sie zürnte gegen ihn. Da stellte er sich in der Geschirrkammer in eine dunkle Ecke, um zu sehen, was geschehe. Sie nahm ihr Feuer, ihre Schüssel, das übrige ihrer Werkzeuge und ging ins Freie. Dann rupfte sie Kräuter, um Glut zu bereiten, und begann ein drittes Mal, den Büffel wieder zu erwecken.

Die Morgenröte stieg schon auf, da kam die Schwiegermutter, und der Kopf stürzte von neuem zur Erde. Der Tag schien, die Wunde zerriß.

Sie sprach zu ihnen: "Laßt mich zum See gehen, mich ganz allein zu waschen." Man antwortete ihr: "Wie willst du dahin kommen, krank, wie du bist." Trotzdem ging sie, kam wieder und sagte:

"Ich begegnete auf dem Wege einem aus unserem Dorfe. Er sagte mir, daß meine Mutter sehr krank ist. Ich sagte zu ihm, er möge mit mir zum Dorfe kommen. Er schlug es ab, dann sprach er: ›Man wird mich zum Mahle einladen, und ich werde mich verspäten‹ Er ist über die Felder zurückgekehrt und sagte mir noch, ich solle eiligst gehen, aus Furcht, daß die Mutter noch vor meiner Ankunft sterbe. Jetzt lebt wohl, ich gehe."

Aber alles war Lüge. Sie war nur zum See gegangen, um diese Geschichte einzurichten und einen Grund zu finden, daß sie zu den Ihrigen gehen könne, den Tod ihres Büffels anzukündigen.

IV

Ihren Korb auf dem Kopf ging sie und sang die Wege entlang das Lied vom Gaukler der Weite. Die Leute scharten sich, überall, wo sie vorüberging, in Mengen um sie und begleiteten sie zum Dorf. Da ließ sie die Ihrigen wissen, daß der Büffel nicht mehr war.

Man schickte überallhin, alle Einwohner des Landes zu versammeln. Sie machten der jungen Frau schwere Vorwürfe und sprachen: "Du siehst, wir hatten wohlgesprochen. Du schlugst alle Gaben aus, die wir dir boten, und wolltest nur den Büffel. Du hast uns alle getötet." Sie waren da, da trat der Gatte, der seiner Frau gefolgt war, ins Dorf. Er lehnte seinen Speer gegen einen Baumstumpf und setzte sich. Alle grüßten ihn und sprachen: "Willkommen, Mörder, willkommen. Du hast uns alle getötet." Er begriff nichts davon und fragte sie, wie man ihn Mörder nennen könne. "Ich habe wohl einen Büffel getötet, das ist alles."

"Ja, aber dieser Büffel war die Hilfe deiner Frau, er ging für sie das Wasser schöpfen, er schlug ihr Holz, er arbeitete auf dem Feld."

Der Gatte erstaunte und sprach: "Warum ließet ihr mich dies nicht wissen? Ich hätte ihn nicht getötet."

"Das ist es", fügten sie hinzu, "unser Leben hing von ihm ab."

Nun begannen alle, sich den Hals abzuschneiden, die junge Frau zuerst. Sie schrie:

"Oh, mein Vater, Gaukler der Weite."

Dann kamen ihre Eltern, ihre Brüder, ihre Schwestern, einer nach dem anderen und taten gleich so. Der eine sang:

"Du durchschreitest die Finsternis."

Der andere nahm auf:

"Du schleppst dich nach allen Seiten in der Nacht."

Ein anderer:

"Du bist die junge Pflanze, die vor der Zeit stirbt."

Ein anderer:

"Du zertrittst Blumen und Früchte in deinem Lauf."

Sie zerschnitten sich alle den Hals und taten das gleiche mit den kleinen Kindern, die man noch in Häuten auf dem Rücken trug.

"Denn", sprachen sie, "wozu sie leben lassen, da sie doch wahnsinnig würden."

Dies ist das Ende.

Ba Ronga

Motikatika

Da Motikatika noch im Mutterleib lag, hörte seine Mutter auf, irgendwelche Nahrung zu nehmen. Sie aß nicht mehr, sie trank nicht mehr, sie kleidete sich nicht mehr.

Ihr Gatte frug sie: "Meine Gattin, was hörtest du auf, zu essen?" Sie antwortete: "Weil mein Herz wilden Honig begehrt." "Wo werde ich ihn finden", sagte der Mann.

Also ging er zu suchen und brachte ihn. Sie verweigerte, ihn zu nehmen und sprach: "Der Honig, den du fandest, es sind Bienen in seinen Waben. Ich begehre ganz reinen Honig." Er kehrte zurück zur Suche nach anderem Honig und bot ihn ihr. Seine Gattin sagte ihm: "Diesmal ist, was du fandest, ganz voller Ameisen, ich will es nicht." Er ging von neuem aus und fand in der Erde ein Wespennest, das er seinem Weibe brachte. Das wollte sie noch weniger. "Es ist Erde darinnen", sagte sie. Endlich konnte er den Honig, den sie begehrte, finden; da waren nicht Bienen, nicht Ameisen, nicht Erde darin, ihn zu verderben. Wirklich kam er zu einem See, der enthielt gezuckertes Wasser; er schöpfte daraus, kam zurück und gab ihr davon. Sie nahm es, freute sich und aß; dann kleidete sie sich und trank vom Wasser.

Ihr Gatte sprach zu ihr. "Da du mich also plagtest, will auch ich nichts mehr essen und kein Wasser mehr trinken." Das Weib sprach ihm: "Was klagst du?" Erwiderte er: "Ich möchte Wasser." Sie nahm ihren Krug und ging schöpfen. Ihr Mann verweigerte es und sagte: "Ich will nicht, du schöpftest aus einem See, worin Schilf und Kröten sind." Sie ging ein zweites Mal und schöpfte in einem anderen See. Der Gatte sprach: "Ich will nichts davon, das Wasser schmeckt nach Binsen." Sie ging von neuem, schöpfte anderswo und brachte es. Er sprach: "Ich will nichts davon. Es schmeckt nach haarigem Schilf. Ich will Wasser, das nach nichts schmeckt, das nicht schmeckt, nicht nach Schilf, nicht nach haarigem Schilf, noch nach Binsen, noch nach Kröten; reines Wasser, ganz reines."

Sie nahm ihre Kanne und ging wieder. Sie umschritt alle Seen, woraus sie geschöpft, und fand einen, worin nichts wuchs. Sie kam, tauchte ihren Krug in den See und füllte ihn; da sie ihn aufhob, schmeckte sie das Wasser. Aber das war nicht Wasser, das war Honig. Sie spürte den Geschmack im Munde und dann in ihrem Magen; dann trank sie den ganzen See. Alles Wasser verschwand. Da sprach der Herr des Wassers, Chituluklumukumba, der Oger, der auf dem Grund wohnt: "Siehe, da fühle ich die Strahlen der Sonne, die mir meine Schultern durchbohren." Er schaute und erblickte die Frau, die ohnmächtig zu sein schien, da ihr ganzer Körper von Wasser überschüttet war; er sprach zu ihr:

"Ah, Stück von einem Weib, ich muß dich töten, damit all mein Wasser, das du genommen, mir wieder herauskomme. Wer sagte dir, du solltest mein Wasser trinken?" Sie antwortete:

"Mein Gatte hat mich geschickt."

"Dein Gatte hat dir nicht befohlen, all mein Wasser zu trinken."

"Mein Vater", sprach das Weib, "schau mich. Töte mich nicht, und ich will dir das Kind geben, das in mir ist."

"Wann wirst du es gebären?"

"Komme übermorgen zu mir, da werde ich es gebären. Du wirst es erkennen, denn ich will ihm die Haare scheren, an beiden Schläfen. An seinen

Hals will ich weiße Perlen hängen. Sein Name wird sein: Motikatika. Es wird sprechen, das bin ich, und du wirst es fressen."

Das Kind in seinem Schlupfwinkel platzte vor Lachen und sagte: "Diese Frau hat eine Dummheit gesagt. Warum sollte man mich essen? Ich bin es doch nicht, der sie zum Wasser geschickt hat." Der Oger sagte der Frau: "Es ist gut, kehre nach Hause zurück." Die Frau gab das ganze Wasser zurück, das machte von neuem einen See. Sie schöpfte daraus in ihren Krug und gab es ihrem Mann. Der sprach: "Gut so, wirklich, das ist Wasser, wie ich es begehrte."

Die Nacht verging. Am Morgen sprach die Frau von alldem nichts. Den anderen Tag brachte sie das Kind zur Welt. Sie schor ihm den Kopf, hing ihm die Perlen um und sagte: "Ich gehe aufs Feld, bleibe hier mein Sohn, bleibe im Haus." Sie hatte ihm nicht die Brust gereicht. Das Kind antwortete: "Es ist gut so."

Doch das Kind war zur Welt gekommen mit Wahrsageknöchelchen, ohne daß die Mutter es wußte. Er warf, das Los zu befragen, betrachtete sie und sprach: "Dies Knöchelchen hier ist mein Vater, dieses meine Mutter, das dritte ist der Oger, der mich fressen will. Dies, das bin ich ..."

Die Knochen rieten ihm, alle kleinen Kinder des Dorfes zusammenzurufen. Er schor sie alle, wie er geschoren war, und hing ihnen Perlenschnüre um. Der Oger kam und rief mit lauter Stimme: Motikatika.

Alle Kindlein antworteten im Chor: "Ich, ich."

Er sagte: "Aber ich rufe: Motikatika."

"Wir alle sind Motikatika."

Der Oger setzte sich; denn er fürchtete, die Kinder anderer Leute zu essen. Die Mutter des Kindes kam vom Feld zurück. Er sagte ihr: "Ich habe Motikatika nicht gesehen."

Erwiderte sie: "Riet ich dir nicht, bei deinem Kommen den Namen zu rufen?"

"Ich rief ihn", sagte der Oger, "doch viele antworteten: ich, ich."

Die Frau bereitete Mais und wollte ihm davon geben.

"Nein", sagte er, "ich will das Kind essen und dann heimkehren."

"Ach, mein Vater", sprach sie, "gedulde dich. So ich dir Mais koche, will ich ihn rufen, und du sollst ihn hier in der Hütte fressen."

Sie rief ihn ins Haus hinein. Der Mais kochte; bevor sie ihn umrührte, nahm sie eine Handvoll und trug sie ins Haus. Dann rief sie "Motikatika."

Der antwortete: "So ist's, man kommt." Er ging hinter das Haus und warf seine Knöchelchen. "Hier mein Vater, das meine Mutter, und hier noch der Oger, der mich fressen will", kurz die Knöchelchen sagten ihm, sich in eine Maus zu verwandeln. Also tat er, und der Oger konnte ihn nicht fressen.

Das Weib sagte ihm: "Morgen werde ich ihn auf das Feld schicken, mir Bohnen zu pflücken. Dort wirst du ihn finden und fressen." In der Tat ging er mit einem Korb, die Bohnen darein zu legen; doch auf dem Weg warf er seine Knöchelchen, die sagten ihm, verwandle dich in einen Brummer und sammle das Gemüse. Der Oger wollte den Brummer jagen, doch wußte er nicht, daß dies Motikatika war.

Er beklagte sich bei der Mutter, sie habe ihn getäuscht.

Die sagte ihm: "Gut, komme den Abend wieder, in der Nacht. Du wirst ihn hier unter dieser weißen Decke finden. Du wirst ihn forttragen und verschlingen."

Den Abend befrug das Kind das Los, das sagte ihm:

"Nimm die Decke deines Vaters und bedecke ihn mit der deinen, die weiß ist." Er gehorchte. Der Oger kam an, griff den Vater Motikatikas, nahm ihn mit sich und aß ihn. Da weinte die Frau sehr um den Gatten. Aber Motikatika sagte: "Das war nur recht, daß es so geschah und dein Mann gegessen war; denn nicht ich habe dich zum Wasser geschickt, sondern er, der Vater."

Sikulume

Es geschah, daß Mazinga die Frauen heiratete. Alle hatten Kinder, aber die erste der Frauen hatte keine. So ward sie ins Lächerliche gedreht durch die anderen Frauen. Selbst ihr Gemahl spottete ihrer und sagte noch nicht einmal, daß sie nichts sei.

Sie ging fort und begegnete einer Taube. Da sie weinte, frug die Taube:

"Was weinst du, Mutter?"

"Daß ich verfolgt bin, weine ich, man spottet meiner, daß ich nicht Kinder habe, man sagt, ich sei nicht Frau."

Die Taube sprach zu ihr:

"Verlangt dich danach, ein Kind zu haben?"

"Ja", antwortete sie.

"So kehre nach Hause zurück."

Der Vogel gab ihr Bohnen, Mais und Erbsen. Er gab ihr noch einen Büschel Dorn und sagte:

"Wenn du nach Hause gekommen bist, wirst du dies alles kochen; wenn es gar ist, schütte es in deinen runden Korb. Dann durchbohre die Körner mit einer Nadel und iß eines nach dem anderen. Wenn du beendet hast, stelle die Schüssel verkehrt zur Erde gegen die Mauer deiner Hütte, und du wirst schauen, was geschehen wird."

Da die Frau zurückgekehrt war, tat sie wie befohlen. Sie sah nun, daß sie schwanger war. So war ihr auch gesagt, daß, wenn sie schwanger wäre, sie jeden Tag sprechen müsse: "Du Kind in mir, sprich nicht." Selbst, wenn es geboren sei, müsse sie fortfahren also zu sprechen. Also sprach sie alle Tage: "Du Kind, das du in mir bist, sprich nicht." Und da es geboren war, fuhr sie fort, ihm zu sagen: "Kind, das du gehst, sprich nicht."

Da es groß geworden war, ging es mit seinem Vater zur Arbeit; er hatte auch einen Sklaven, den man ihm gegeben hatte, denn man hatte sich gesagt: "Ob er auch stumm ist, wir wollen ihm einen Sklaven geben."

Eines Tages folgte der Sklave den Leuten, die arbeiten gingen. Da sie hackten, sah er Vögel vorüberfliegen. Da sprach Mazinga, der Vater, zu seinen Söhnen. "Ich als Junge, ich hätte die Vögel gejagt." Sie kehrten nach Hause zurück, und den anderen Tag gingen sie arbeiten. Vögel strichen von neuem vorüber. Mazinga sagt: "Ich, o einst hätte ich diese Vögel gejagt." Sie kehrten nach Hause; und da sie angekommen waren, sprachen sie zu ihren Müttern: "Bereitet uns Speisen für den Weg." Da diese bereitet waren, berührte Sikulume seine Mutter und wies ihr die Speisen und die Brote und bat sie, ihm Bier zu brauen und ihm ein Brot zu backen. Seine Mutter braute und buk ihm ein Brot. Da sagte ihm sein Vater: "Eh was, glaubst du vielleicht, du seist ein großer Knabe geworden, fähig zu reisen!"

Da befahl Mahumana, der Knabe, der ihnen als Häuptling gesetzt war, seinen Brüdern, sich auf den Weg zu machen. Sie brachen auf, und Sikulume und sein Sklave folgten. Seine Brüder kamen und schlugen auf seine Kalebasse voll Bier, sie spaltete sich; er ging, aber das Bier floß.

Da sie ankamen, traten sie in das Geröhr und töteten die Vögel. Den Abend gingen sie davon und rupften diese. Aber der Himmel begann mit Macht zu schelten.

Da sprach Sikulume seinem Sklaven: "Wir wollen sehen, was sie tun werden." Jener freute sich, da er hörte, daß sein Herr zu sprechen begann. Sikulume sagt ihm: "Schweige, willst du nicht meinen Tod; denn sie werden dir sprechen: Was tanzest du vor Freude?"

Ein starker Schauer fiel. Die Diener Muhamanas stellten sich unter einen Baum. Da die anderen zu Sikulume kamen, denn da wo er stand, regnete es nicht, befrugen sie den Diener und sprachen zu ihm: "Eh Freund, was tanzest du also?" Da stieß er sich in den Fuß einen Dorn, und da sie ihn frugen, antwortete er: "Eh, warum ich tanze? Freunde, eben weil ein Dorn in meinen Fuß drang, der hier. Ihr tätet wohl, ihn mir herauszunehmen."

Da ging Sikulume seinen Bruder zu fragen: "Wo werden diese Leute schlafen? Die Vögel wohl waren entfedert, doch Feuer sehe ich nicht." Da schrie einer der Sklaven: "Ich bin der Mann des Sikulume, des Sperlingstöters." Und ein zweiter sprach ebenso: "Ich bin der Mann des Sikulume, des Sperlingstöters." Alle sprachen gleicherweise. Sie verließen den Häuptling, mit dem sie gekommen waren und dem sie vertraut hatten.

Aber Sikulume sprach: "Nicht bedarf ich der Diener, ich habe einen, der genügt mir." Doch er konnte sie nicht hindern, sich ihm anzuschließen.

Da begann er eine Hütte zu bauen. Er nahm ein Schilfrohr, und das Rohr war eine Palisade. Er nahm ein Band, und dies Band wurde ein Dach. Er nahm eine Lehmkugel, warf sie in die Höhe und tünchte die ganze Mauer; dann nahm er eine Binse, warf sie und die Binse wurde zu zahllosen Matten. Er nahm eine Kohle, warf sie in die Hütte, sieh, da war ein Feuer entfacht. Sie traten ein, wärmten sich und fuhren fort, die Vögel zu entfedern.

Sikulume sprach zu ihnen: "Schneidet die Köpfe der Vögel und laßt sie hier." Sie taten also. Da sie eingeschlafen waren, nahm Sikulume die Vögelköpfe und legte sie rings um die Hütte.

Während der Nacht trug ein Oger Speise herbei, der sang:

"Mann mit dem einen Bein, geh immerzu.
Das Menschenfleisch wird bald fortgehen.
Wir wollen es suchen, geh immerzu."

Da er zur Hütte kam, aß er die Vogelköpfe und machte: "Crac, ich eß einen Kopf. Crac, ich eß einen Vogel." Da er geendet hatte, sie zu schlingen, sprach er: "Uf, ich kann heimkehren, uf ich kann heimkehren. Wenn ich Mahumana gefressen habe, wenn ich noch Sikulume gefressen habe, den Sperlingstöter, werde ich fett, werde ich fett bis zum Zeh."

Da der Oger gegangen war, befrug Sikulume die Diener und sprach: "Wer gab euch die Speise, die ihr esset?" Sie antworteten: "Du."

"Nein, wo hätte ich sie gefunden; nicht ich gab sie, euch nährte der Oger." Sie weigerten, es zu glauben, und er sagte ihnen: "Wohl, ihr selbst sollt es sehen."

Den Abend, da Sikulume den Oger kommen sah, er hatte ihnen eine Schnur an die Zehe gebunden, zog er an der Schnur. Sie erwachten und hörten den Oger die gleichen Worte wie den vergangenen Abend singen:

"Wenn ich Mahumana gefressen habe, wenn ich noch Sikulume gefressen habe, den Sperlingstöter, werde ich fett, werde ich fett bis zum Zeh."

Da begannen sie zu fürchten und sprachen: "Kehren wir heim." Er sprach zu ihnen: "Was fürchtet ihr euch? Habt keine Furcht. Bleibt nur und endet das Werk, das zu tun ihr hierherkamt." In der Morgenröte gingen sie wieder die Vögel jagen; dann kamen sie zurück. Da sie die Federbüschel gemacht hatten, sprach Sikulume in der Nacht: "Bereitet euch zu fliehen, kehren wir nach Hause." Sie brachen also am frühen Morgen auf.

Sikulume hatte seinen Federbusch an der Tür der Hütte zurückgelassen. Aus Absicht hatte er ihn vergessen, da er aufbrach. Sikulume redete also zu seinen Dienern: "Ich ließ meinen Federbusch; mit wem von euch werde ich zurückkehren, ihn zu suchen?" Alle schrien: "Wir haben Furcht zu gehen." Einer von ihnen sprach: "Ich habe einen Ochsen, ich will ihn dir zu Hause geben." Ein anderer: "Ich habe eine Schwester, ich will sie dir geben." Ein anderer: "Nimm nur mein Weib." Ein anderer: "Ich habe Ziegen, ich will sie dir zu Hause geben." Da sprach er zu ihnen: "Da ihr es verweigert habt, mit mir zu gehen, hört. Wenn ihr euch auf den Weg begebt, so nehmt den Weg zur Linken, nehmt nicht den zur Rechten. Wenn ihr den Weg zur Rechten nehmt, werdet ihr sehen, daß ihr ein großes Dorf findet." Sie brachen also auf, und da sie etwas gegangen waren, nahmen sie den zur Rechten, kamen und sahen das große Dorf. Da fürchteten sie und sprachen: "Es ist wahr, was Sikulume uns gesagt. Gehen wir zurück." Sie gingen wieder zurück bis zu der Stelle, wo sie sich von Sikulume getrennt hatten.

Sikulume frug seinen Diener: "Willst du mit mir kommen oder fürchtest du dich?" Sein Diener antwortete ihm: "Werde ich die Stirn haben, dich im Busch zu verlassen, da ich im Hause immer dein Diener war? Seit der Geburt war ich dein Sklave. Gewiß will ich mit dir gehen."

Da sie ankamen, fand Sikulume viele Oger in der Hütte, denn sie waren gerufen von dem, der den Jünglingen Nahrunggegeben hatte. Darunter war eine alte Ogerin, die saß bei der Scheidewand der Hütte. Die Oger waren dabei, den Federbusch einer dem anderen aufzusetzen und sprachen:

"Tontschi, Tontschi, gib ihn mir."

Da waren Kleine, die sprachen mit Kinderstimme:

"Tontschi, Tontschi, gib ihn mir."

Und andere, Alte, die sprachen mit zerbrochener Stimme:

"Tontschi, Tontschi, gib ihn mir."

Die Alte sagte auch:

"Tontschi, Tontschi, gib ihn mir."

Die einen sprachen: "Gebt sie ihr nicht." Die anderen: "Gebt sie ihr." Zum Schluß gaben sie ihr den Büschel.

Sikulume hatte sich hinter der Mauer versteckt. Er riß ihn der Alten aus den Händen, ohne daß sie es wahrnahm, da sie sehr alt war, und floh. Da frugen sie die Alte: "Wo ist der Federbusch?" Sie antwortete: "Man machte süt." Sie frugen sie von neuem: "Man machte süt", sprach sie.

"Sie gibt vor, man habe ihn ihr genommen", sagten sie; "laufen wir hinter unserem Stück Fleisch her."

Da kam Sikulume bei seinen Kameraden an und sagte ihnen: "Warum verließt ihr den Weg, den zu nehmen ich euch empfahl? Was habt ihr gefunden?" "Wir sahen nichts", sagten sie.

Die Oger verfolgten ihn und sangen:

"Unser Fleisch ist gegangen, gehen wir immerzu. Geht, holen wir es, gehen wir immerzu."

Tatsächlich faßten sie Sikulume. Er sagte ihnen: "Gut, stellt euch in Reihe auf." Sie stellten sich in Reihe. Da begann er dies Lied zu singen: "O in diesem Land, in diesem Land ist es nicht Brauch, Menschen zu essen."

Die Oger sangen nach:

"O in diesem Land, in diesem Land ist es nicht Brauch, Menschen zu essen."

Doch schrien einige: "Sollen wir unser kleines Stück Fleisch lassen?" Andere antworteten: "Lassen wir ihn gehen, da wir dies Lied erlernten; dies genügt, und wir werden es anderswo beim Essen singen."

Da die Oger gegangen waren, gingen auch die jungen Leute und kamen in das große Dorf. Die Leute der Gegend kamen, sie zu begrüßen. Sie aber antworteten nicht. Da sprach ein altes Weib: "Willkommen, meine Herren." Sie antworteten: "Ji, Ji." Die anderen schrien. "Halt, sie antworten nur, wenn eine Alte sie grüßt." Sie wünschten ihnen von neuem Guten Tag. Sie aber schwiegen. Die Dorfleute sagten der Alten: "Beginn wieder, Großmutter." Sie begann von neuem und sprach: "Heil, meine Herren." Sie machten Ji, Ji.

Als die Sonne gesunken war, zeigte man ihnen eine große Hütte, darin zu schlafen. Sie schlugen es ab, einzutreten; man führte sie nun in die der Alten. Sie willigten ein.

Den Abend taten sich die Leute zusammen, ihnen Speise zu bringen. Sikulume nahm ein wenig von allem, bot es seinem Hund, der ihn begleitete. Sie gossen die Speisen auf den Boden. Die Alte brachte ihnen Gerste, kochte den Brei und gab ihnen den. Sikulume nahm davon, gab dem Hund. Der aß. Da aßen sie auch. –

Da die Nacht gekommen war, sagten die Dorfleute ihren Töchtern: "Vergnügt euch mit den Freiern, die gekommen sind." Die gingen und schliefen mit ihnen in der Hütte. Sikulume aber nahm die Decke eines Mädchens und deckte sich damit zu. Da die Dorfleute die Jünglinge nachts töten wollten, suchten sie Sikulume, ihn zu erschlagen; da mordeten sie die eigene Tochter, aber wurden dessen nicht gewahr.

Der Häuptling des Dorfes hatte den andern Tag darauf seine Leute gerufen, sein Feld zu bestellen. Da alle bei der Arbeit waren, sagte Sikulume der Alten: "Willst du Zuckerzeug?" Die Alte erwiderte: "Ja." Da buken sie Mehl, mischten es mit Tabak, Hanf und anderen Drogen und gaben es ihr. Da sie aß, sagte sie: "Hier ein Stück", und gab es dem Mann, ihrem Sohn. Noch eins, das gab sie der Frau, der Schwiegertochter; und noch eins, das gab sie dem Enkel. Sie fügte hinzu: "Da essen sie, schwatzen und lassen mir nichts." Sie sagten nun: "Iß allein, Großmutter." Da sie gegessen hatten, waren sie trunken. Da sagte Sikulume seinen Sklaven: "Nehmen wir alles Vieh und gehen wir." Also sammelten sie die Herden des Landes und gingen.

Der Sklave des Häuptlings sprach: "Man möchte sagen, man sähe dort unten Staub von Ochsen aufgewirbelt." Die Leute antworteten: "Das ist nicht Staub von Ochsen, das ist Staub von Arbeitern."

Wieder sprach er: "Man möchte sagen, das ist Staub von Ochsen da unten. Man antwortete ihm: "Aber nein, die Ochsen sind im Dorf mit den Leuten, für die wir arbeiten."

Indessen, da er fortfuhr, die gleiche Sache zu behaupten, sagte der Häuptling dem Sklaven: "Geh nachschauen, daß es ein Ende hat; du störst uns bei der Arbeit."

Wirklich ging er nachzusehen, und auf dem Weg begegnete er der Alten. Er fragte sie: "Wohin gehst du?" Sie konnte nicht antworten, nahm ein wenig Erde und warf es in die Luft. Sie hatte sich die Knie ganz aufgeschunden. Da er ankam und sich im Dorf umschaute, sah er die Ochsen nicht. Er ging, es seinen Leuten zu sagen, die kehrten zurück.

Da sprach ihr Häuptling: "Leute Monombelas; unser kleines Stück Fleisch ist gegangen. Mit dem kleinen Korb, mit dem kleinen Messer." Sie begannen die Verfolgung. Da ließ Monombela, ihr Häuptling, einen Sturm losbrechen, jene aufzuhalten. Sikulume sprach seinen Dienern: "Bergt euch unter den Ochsen." Sie begannen die Flucht. Da Monombelas Leute zur Stelle kamen, sahen sie, daß Sikulume und seine Leute entkommen waren. Sie sprachen: "Ah, hier waren sie." Sie begannen wieder hin und her zu laufen. Sikulume ließ einen Fluß aufströmen und durchschritt ihn mit Dienern und Ochsen. Da die Verfolger anlangten, schrien sie den Flüchtlingen zu: "Wie konntet ihr durchschreiten?"

"Hier durch, an diesem Seil." Er warf ihnen ein Seil zu, das sie griffen. Da er sie inmitten der Strömung sah, ließ er das Seil fallen, und sie wurden vom Bach weggerissen.

Auch ein zweites Mal tat er das Gleiche. Da sagten sie: "Nun sind wir fast alle tot. Kehren wir zurück." Aber Monombela schrie zu Sikulume: "So du nicht zum Elefant werden willst, nicht zum Büffel noch zu einem anderen Tier, so verwandle dich in ein Zebra."

Sikulume wurde wirklich ein Zebra, und galoppierte weg: hua, hua, hua.

Da die Leute Monombelas heimgekehrt waren, fanden sie das Mädchen tot und fraßen es.

Da Sikulume in ein Zebra verwandelt war, griff der Diener seinen Schwanz, und das Zebra lief und kam auf dem Dorfplatz an. Der Diener sagte seiner Mutter: "Koche Wasser, daß es siede." Dies goß er auf das Tier, das wieder ein Mensch wurde. Sikulume nahm die Ochsen und ging zu den Herden seines Onkels von der Mutter her. Da die Brüder kamen, sprachen sie zum Vater: "Wirklich, Sikulume hat uns gerettet." Die Sklaven sprachen zu ihm:"Wir haben es dir gesagt, daß wir bei unserer Rückkehr bezahlen."

Aber er sagte ihnen: "Gebt mir nichts, es ist ganz natürlich, daß ich euch rettete, euch, die Kinder meines Vaters." Sikulume nahm also seine Ochsen und wohnte bei seinem Onkel.

Sein Vater wollte ihm folgen, aber Sikulume sagte: "Nicht wahr, du sagtest, du habest keinen ziemlichen Sohn gezeugt, vielmehr einen Toren. Ich will nicht mit dir wohnen." Indes entschuldigten sie sich, und der Vater sagte: "Ich wußte nicht, du seiest ein Kind wie die anderen"; da willigte Sikulume darin, mit ihm zu bleiben. Nach der Rückkehr gab man Sikulume die königliche Gewalt über die Gegend. Sein Sklave empfing ein Stück Land. Sein Vater führte nicht mehr die Palaber, sie wurden von Sikulume geführt, der seinem Vater mitteilte, wenn er sie geordnet hatte. Seine Brüder gingen und wurden als Häuptlinge kleiner Länder eingesetzt. Das gleiche geschah auch mit Matoman, von dem man gesagt hatte: "Er ist ein Häuptling." Er wurde einem kleinen Lande vorgesetzt.

Nuahungukuri

Ein Mann mit Namen Nuahungukuri nahm eine Frau; doch er hatte seine Hütte nicht neben anderen Leuten erbaut. Er führte sie zu sich, abseits. Er war ein Menschenfresser.

Eines Tages verriet er sich, er tötete sie. Er aß ein Teil ihres Fleisches, das Bein legte er zur Seite. Dann wanderte er, sprach: "Ich will zu den Eltern meines Weibes."

Da er noch auf dem Wege war, begann ein Vogel zu singen:

"To, to, Hi. Ach meine Mutter.
Nuahungukuri hat den Himmel verzaubert.
Du sahst es wohl, Vogel.
Er tötete sein Weib, schnitt in Stücke ihr Fleisch, o Himmel.
Er sagt, das ist Elenfleisch.
Du sahst es wohl, Himmel. Du sahst es wohl."

Da Nuahungukuri ihn hörte, verfolgte er ihn; griff und tötete ihn. Doch er auferstand. Der Mann setzte seinen Weg fort. Der Vogel ging mit ihm, immer singend, bis er in das Dorf der Frau kam.

Da er ankam, sprachen sie: "Kommt. Heute wollen wir Fleisch schmecken." Man ließ ihn in die Hütte eintreten, sie nahmen Platz. Der Vogel schwang sich auf den strohernen First und begann wieder zu singen:

"Tototi, Tototi. Ach meine Mutter.
Nuahungukuri hat den Himmel verzaubert.
Er tötete sein Weib; schnitt in Stücke ihr Fleisch ..."

Die Schwiegereltern sprachen einer zum anderen: "Lauscht, lauscht, was hört man von draußen." Nuahungukuri hatte keine Scham, er ging heraus, jagte den Vogel und tötete ihn von neuem. Aber der auferstand ein zweites Mal und begann wieder zu singen.

Seine Schwiegereltern begannen zu denken; sie sagten sich: "Unsere Tochter ist nicht mehr da. Sie ist von Nuahungukuri getötet." Sie sperrten ihn in die Hütte, gleichwohl entkam er, floh und lief weit.

Dukuli, der Hyänenmann

Ein Mann mit Namen Dukuli ging in das Dorf des Nuamatchakammbe, junge Mädchen zu sehen und zu heiraten. Eltern willigten ein und gaben ihm eine Frau. Die Freundinnen gingen zum Eheversprechen. Sie traten mit ihren Müttern aus den Hütten und begannen, die Speisen zu kochen.

Da sie diese herbeitrugen, ging Dukuli fort in den Wald. Dort begann er zu singen und rief seine Freunde, die Tiere, damit er sie esse. Er sprach:

Eüe, Eüe, was soll ich singen. Ich Dukuli Duku.
So ich dich erwische, ich dich greife,
Ich, ich wechsle, wechsle dir die Farben. Hiyaya.
Aufgepaßt.

Das Lied gefiel den Gazellen; die kamen. Dukuli packte und verschlang sie. Das getan, verließen Dukuli und seine Freunde (Hyänen wie er) den Wald und kehrten zurück in das Dorf der Schwiegereltern.

Doch die jüngste Tochter des Herrn der Vermählung hatte sich verborgen; da die anderen in den Wald gegangen waren, zu singen und sich in Hyänen zu verwandeln.

Die jungen Leute nahmen Urlaub bei den Schwiegereltern. Die Mädchen begleiteten sie und überschritten mit ihnen den Fluß. Dann nahmen sie Abschied.

Doch die Burschen antworteten: "Gehen wir alle zusammen in das Haus, morgen geleiten wir euch zurück." Also gingen sie weiter mit ihnen, bis sie in ihr Dorf gekommen waren. Aber sie fanden dort keine Hütten. Da war wildes Land, und es gab nichts als Erdlöcher. Da trafen sie das alte Hyänenweib, das hatte noch etwas von Güte, das wollte ihnen die Wahrheit sagen. "Meine Schwiegertochter", begann sie, doch wußte sie nicht, wie ihnen das Ding berichten. Da zogen die Burschen sich zurück, sprachen: "Wir gehen zu Nacht speisen."

Da sagte sie ihnen: "Meine Töchter, geht, kehrt nach Hause zurück. Meine Söhne sind Menschenfresser." Da rannten die Mädchen weg, eilten und trafen am Fluß den Laubfrosch. Sie baten ihn, wegen des Wassers: "Woher kommt ihr, Kinder?" "Wir kommen von den Dukulileuten."

"Wie konntet ihr euch retten, da Dukuli ein Menschenfresser ist?"

Antworteten sie: "Wir werfen uns vor deine Füße, laß uns über das Wasser gehen. Wir vermögen es nicht allein, wir sind nur Kinder." –

Laubfrosch nahm ein Floß und setzte sie über. Da sprach die Jüngste zu ihren Schwestern: "Heh, da, Dukuli. Ich will das Lied singen, kraft dessen er sich in eine Hyäne verwandelt.

Eüe, Eüe. Was soll ich singen, ich Dukuli Duku
So ich dich erwische, greife ich dich.
Ich, ich wechsle die Farben.
Hiyaya. Aufgepaßt.

So verwandelte er sich in eine Hyäne." Er fragt Laubfrosch: "Sahst du meine Leute?" Erwidert sie: "Ich sah sie."

"Gib sie mir wieder", sagt er.

"Oh, da unten sind sie, ganz unten." Dukuli erzürnte sich mächtig. Er wollte den Laubfrosch töten; doch der glitt in das Wasser zurück.